2

Buon
COMPLEANNO
PAOLO

3

Fuochi ◀ Feltrinelli

Giovanni Floris
Il confine di Bonetti

© Giangiacomo Feltrinelli Editore Milano
Prima edizione in "Fuochi" marzo 2014

Stampa ![logo] Grafica Veneta S.p.A. di Trebaseleghe - PD

ISBN 978-88-07-07034-1

www.feltrinellieditore.it
Libri in uscita, interviste, reading, commenti e percorsi di lettura.
Aggiornamenti quotidiani

razzismobruttastoria.net

A via Tommasini

"We can be heroes."
DAVID BOWIE

"Leslie Chow è la follia. E con la follia non ci discuti. Bene che ti va la chiudi nel bagagliaio della macchina."

JOHN GOODMAN, in *Una notte da leoni 3*

DENTRO

Ecco il secondino

Valentino fu arrestato in Grecia, col fumo addosso. Era salito sul tetto della chiesa e aveva urlato "Spartani di merda!". Fu estradato la notte stessa. Navarra fu preso durante gli scontri alla vigilia di un derby e lo gonfiarono di botte, prima i laziali e poi i celerini. Quando aprì la porta di casa, la madre quasi sveniva. Rocchi e Piva finirono dentro per uno scippo. Possibile che non trovi un arresto politico nella mia memoria? Una cazzo di manifestazione giusta finita a manganellate, che so, a favore della Birmania o del Cile?

Niente.

Rubammo i vestiti di seconda mano a piazza Istria (o era borgo Pio?) ma il negoziante beccò solo Fochetti con una Fruit e lo lasciò andare subito. Quando Bonetti e Gallo si misero a leggere la mano a Marina di Campo per pagare la villetta che avevamo preso in affitto, dopo un paio di settimane ci cacciarono gli ambulanti, i vigili non dissero nulla.

La porta cigola.

È il secondino.

Ho visto troppi film in cui c'era uno nella mia situazione per comportarmi come mi verrebbe naturale. Non voglio avere lo sguardo supplice, anche se il poliziotto sembra aspettarselo. Inutile sprecare leccate di culo con questo, non conta niente.

Lo saprà il secondino chi sono? Godrà di quanto sono stato idiota a rovinarmi così per fare lo spiritoso? La notte leone, il mattino coglione, mi diceva mio padre. Non so se ieri sono stato leone, di certo oggi pago un conto salato. Lo pago per tutte le volte che ho fatto il vento. Fare il vento, andare via da un ristorante senza pagare. Correre via sollevando l'aria.

Altri tempi. Ecco, altri tempi. Mi fosse entrato in testa questo concetto, stamattina non sarei qui.

"Notaio Ranò, mi vuole seguire?" Il secondino sa chi sono. Avrà già avvertito qualche suo amico giornalista. Almeno sul "Messaggero" questa storia finisce in prima pagina. Sul "Tempo", sicuro. Oddio! "Libero", "il Giornale", "il Fatto" ci andranno a nozze. Non per me, ma vuoi che non trovino qualche foto di Bonetti col politico che vogliono attaccare? O magari anche una mia? Amicizie pericolose, notti brave, la Roma bene in carcere... Capirai. Potrei farglieli io i titoli.

Il ciccione mio compagno di cella mi fa un cenno di saluto con la testa dalla sua branda, ricambio. Seguo il secondino fuori, per un lungo corridoio. Lui apre la porta di una stanza completamente vuota. C'è solo una sedia, al centro, su cui mi accomodo. Sembra uscita da un'aula delle mie elementari.

"Scusi, posso sapere chi sto aspettando?"

"La pm. Dovrebbe essere qui a minuti."

"E il mio avvocato?"

"Non lo so."

E ora? Che linea difensiva seguo senza concordarla con Maurizio? Maurizio è il mio avvocato. Un coglione, ma è il mio avvocato. L'ho chiamato immediatamente dopo l'arresto, col cellulare, mi ha detto solo: "Tu non aprire bocca, ti portano a Rebibbia sicuramente. Arrivo appena posso".

Speriamo bene.

Ma ora che faccio?

Devo sapere che posizione prendere, che parte interpretare. Il movimento è vita, come dicono in quel film di zombie che ho visto l'altra sera al Barberini. Non devo farmi beccare fermo sulle gambe. Non è facile. Sto in una posizione orrenda, obiettivamente. Ho tutto da perdere e niente da guadagnare.

Si apre la porta.

Maurizio!

Grazie a Dio è arrivato prima lui del magistrato.

"Allora Maurizio, che mi dici?"

"È un casino, ma se la pm non fa storie forse riesco a farti uscire."

"Chi è la pm?"

"Una vecchia matta. Non gliene frega niente di chi sei. Il problema è il morto."

"Ma con quello noi non c'entriamo niente!"

"Mi spieghi che cazzo ci facevi al Portuense a casa di uno spacciatore di hashish? Hashish, cazzo! Roba da diciottenni!"

Ragiona bene lui! Ma ieri io ho visto il baratro. E stavolta ci sono finito dentro. E poi i diciottenni mica sono tutti uguali.

Non faccio in tempo a rispondergli, entra la pm.

Cavolo, questa è matta davvero. Avrà sessantacinque anni. Bionda, capelli lunghi tirati in una coda. Calze a rete, gonna sopra il ginocchio, camicetta con le ruche in trina. Rossetto rosso fuoco, pelle bianchissima, occhiali da sole stile vamp. Ma da dove l'hanno presa?

Questo interrogatorio chiude il cerchio. Se fossi un vip penserei a Scherzi a parte.

Mi alzo in piedi in segno di rispetto. Così fa anche Maurizio.

Lei è seria, ma non severa. Per assurdo, è autorevole.

Ci dà la mano, si siede, apre il fascicolo. È evidente che è la prima volta che lo vede. Inizia a leggere in silenzio, senza alzare lo sguardo dalle carte. Io lancio un'occhiata a Maurizio, lui chiude le palpebre accennando un sì con la testa. Come a dire: tutto previsto, stai calmo e lascia fare a me.

Lascio fare a lui, e mi perdo nei ricordi. È tutta la notte che vanno avanti. Durante le ore passate in cella – una notte lunga una vita – la diga che avevo tirato su in tutti questi anni ha ceduto. Sono stanco, e non riesco a guidare i pensieri.

"Allora, dottor Ranò," esordisce la matta con un sorriso conciliante. *"Mi può spiegare cosa ci faceva a una festa al Porto Fluviale?"*

Mi sorride. Forse me la cavo. Non può confondermi con i miei compagni di ieri sera. Per Navarra è diverso, lui avrà anche dei precedenti, ma io...

"Guardi dottoressa..." faccio per spiegarmi, Maurizio però mi blocca.

"Dottoressa, ci scusi. Io non ho avuto ancora tempo di discutere con il mio assistito. Prima di procedere con le domande, se per lei va bene, vorrei avere qualche minuto..."

Ma la pm guarda me, gli occhi seri, profondi, nonostante la mise da pazza. Guarda me, non Maurizio, che – forse l'ho già detto – ho sempre pensato sia un coglione.

Questa mi capisce, lo sento.

E allora vado. Stavolta ci provo, cazzo. Seguo l'istinto e mi butto. Spirito di Bonetti, spirito di Navarra, spirito di Fochetti, spirito di Gallo, restate con me. Non mi mollate e guidatemi.

Interrompo il mio avvocato e guardo la pm negli occhi.

Cara matta. Vuoi sapere perché ero al Porto Fluviale? E allora allacciati le calze a rete, bella. Si parte.

Comincia la mia storia.

Mi chiamo Roberto Ranò, sono un ricco notaio romano di quarantasei anni e ieri notte sono stato arrestato. Ero con Marco Bonetti, il regista che rischia di vincere l'Oscar, e credo abbiano arrestato anche lui, ma non posso dirlo con certezza.

Io e Bonetti eravamo amici da sempre. E lo saremmo stati per sempre, se non fosse che a un certo punto io ho cominciato a odiare la vita, mentre lui non ha mai smesso di amarla.

1.

Secondo Sergio Campanile la grande forza del nostro gruppo era la capacità di vivere al confine della devianza senza mai farsi attrarre dal baratro. Sosteneva che era la strada giusta da seguire, dal momento che Nietzsche stesso aveva messo in guardia dal baratro, avvertendo: non lo guardare, perché lui ti attirerà a sé.

Togli che Campanile attualmente è in cura presso una clinica psichiatrica (per qualche tempo è stato uno stimato ingegnere alla Fiat, poi la polizia lo ha colto in flagrante mentre malmenava la signora del terzo piano che aveva lasciato aperto l'ascensore – la polizia era stata chiamata da Vincenzo Viganò, suo ex compagno di banco il quale, dopo che si erano persi di vista per più di vent'anni, aveva acquistato senza saperlo l'appartamento al piano sotto il suo ed era stato spaventato dalle urla). Alle origini però Campanile era un ragazzo molto lucido. Andava bene a scuola nonostante respirasse la benzina dal serbatoio del suo Laverdino prima di entrare alle feste, e comunque manteneva un certo contegno anche il sabato sera.

Era il 1985 quando Campanile segnava un confine immaginario tra il nostro gruppo e il gruppo dei Fusano, dei Tito, dei Rocchi e dei Piva, tutta gente che sembrava aver perso il controllo della situazione e che, secondo lui, era ormai destinata ad andare alla deriva.

Molti di loro poi ci andarono, in effetti. Rocchi e Piva finirono in prigione subito, all'ultimo anno di liceo, perché avevano scippato una vecchietta ma erano stati presi duecento metri dopo. Fusano non aveva ancora vent'anni quando fu accoltellato a morte in una discoteca di Riga; sembra avesse cercato di organizzare un traffico parallelo a quello di una gang locale (così almeno vuole la leggenda. Più probabile è che sia stato aggredito da qualche schizzato). Tito morì sotto una macchina sul lungomare di Torvaianica; era notte, gli si era fermata la moto, aveva in mano una tanica e un tubo di gomma. Probabilmente attraversava per fare "il succhio", rubare la benzina da un'auto parcheggiata.

Ma non bisogna per forza fare una fine così tragica per sprecare il proprio talento. Rizzo (quello che alla domanda del commissario d'esame "Parli di un argomento che l'ha colpita più di altri" rispose "Cazzo! Proprio quello che non so!") oggi dorme nel garage dell'ex moglie, che sta al piano di sopra con un compagno nuovo, e sul muro della sua cameretta ha ancora i poster del Duce. Muzzi (che il giorno dell'esame di maturità prese le Roipnol di prima mattina per garantirsi un rendimento al di sopra dell'ordinario, ma che fu chiamato per l'orale la sera alle diciotto quando ormai, in pieno down, non distingueva la *Venere di Milo* da Morena Falcone della terza C) sembra che affitti pedalò in Costa Rica. Longo, primo della classe, aveva scelto di fare il manovale in segno di protesta nei confronti del padre (accademico) e della società (borghese), ma alla fine quest'ultima si è vendicata e ha deciso di perseguirlo nei panni di Equitalia, visto che dal 2002 aveva messo su un'impresa a totale insaputa del fisco.

All'epoca noi invece portavamo l'orecchino, ma non ci eravamo fatti il buco alle orecchie. Nel senso che avevamo limato la parte dell'orecchino che sarebbe dovuta passare attraverso il lobo e incastravamo il cerchietto sull'orecchio, andando in giro come dei veri *maledetti* senza confrontarci con la definitezza del buco. Lo avevamo, ma non lo avevamo.

Il maestro di questo gioco borderline, colui che (in realtà) dava la linea e il tratto al nostro gruppo, era Marco Bonetti. In base alle sue teorie bisognava stare al di qua del confine, salvo forse, di quando in quando, affacciarsi *on the wild side* per dare un'occhiata. Innanzitutto perché nel nostro mondo le trasgressioni procuravano consenso, successo, amicizie e amori; e poi perché a trasgredire non ci voleva granché. In queste scampagnate oltreconfine ci si divertiva e si dimostrava che chiunque, anche dei bravi ragazzi come noi, poteva togliersi gli sfizi che si toglievano quelli che davano importanza a queste cose.

Era uno schema che Bonetti applicava un po' a tutte le attività dell'epoca. Non giocava a tennis, ma la racchetta in mano la sapeva tenere. Non si fidanzava per lunghi periodi, ma in prima liceo con una ragazza per qualche mese c'era stato, perché non si dicesse che non aveva mai avuto una storia seria. A scuola andava benissimo, ma arrivò a non studiare matematica di proposito, per evitare la fama di quello che non aveva mai sostenuto un'interrogazione impreparato. Certo, a matematica non serviva studiare, perché la prof dava sette a tutti, ma intanto lui il brivido di andare alla cattedra senza avere la più pallida idea di come uscire dai guai lo aveva provato.

Se vuoi giocare al limite, pur senza oltrepassarlo, ti ci devi però accostare.

Marco Bonetti, rispetto a tutti noi, aveva un'abilità particolare: non solo si avvicinava, ma giocava con il termine della notte, pur della notte restando all'ingresso. Sembrava conoscere talmente bene il buio da sapere che non valeva la pena farsene avvolgere.

E qui era la differenza tra me e Bonetti. Bonetti ogni tanto si sporgeva un paio di centimetri oltre il confine; io invece mi avvicinavo, ma mi tenevo sempre a distanza di sicurezza e al momento della verità arretravo di qualche metro. Poche spanne, ma sarebbero diventate anni luce, mentre il tempo passava e costruivamo le nostre vite. È come in barca: muovi di pochissimo il timone davanti a Civitavecchia e dopo centocinquanta miglia ti trovi in Corsica, invece che in Sardegna.

Fatto sta che trent'anni fa noi la linea di confine eravamo in grado di vederla. Lo chiamavamo il confine di Bonetti. Ieri notte mi sono trovato a ricordare quei giorni seduto sulla branda di una prigione.

Qualcosa deve essermi sfuggito.

2.

Aveva ragione quel presidente del Consiglio che al primo giorno dei lavori del nuovo governo riunì i suoi a Palazzo Chigi e si raccomandò: "Attenti alla fica, ragazzi. Si cade sempre per quella". Non gli diedero ascolto e uno di loro fu costretto a dimettersi. Conosco bene la storia perché il presidente del Consiglio era amico di mio suocero.

Adesso invece tocca a me, anche se a essere precisi manco ho scopato.

È il morto che se l'è spassata (se così si può dire).

Ricapitoliamo. Eravamo io, Fochetti, Navarra, Bonetti e Gallo. E c'era una festa. L'errore è stato accettare il loro invito. Anzi il *suo*. L'invito di Marco, il mio migliore amico per una vita, ma che non sentivo praticamente dal 1997, l'anno in cui Jena Plinsky si introdusse a Manhattan.

Le nostre regole quando eravamo ragazzi erano chiare. Alle feste si va, ma non si organizzano.

Fare le feste era un po' come chiedere aiuto. Un'ammissione di debolezza (voglio festeggiare con qualcuno = ho bisogno di voi = sono alla vostra mercé) non poteva che metterti nei guai.

Attenzione: come spiegavo sempre agli altri, noi non eravamo cinici. Avevamo solo una sorta di superpotere: capivamo le leggi che governano gli umani e ci predisponevamo a non esserne travolti.

Io alle medie avevo dato una festa, ed era andata piuttosto male. Le ragazze si annoiavano, nessuno ballava, e neanche le tapparelle tirate giù riuscivano a far montare l'adrenalina. Qual era la ragione? Io e Bonetti eravamo arrivati alla conclusione che in quella festa mancasse la forza della trasgressione, forza che a quei tempi sapevamo cavalcare, ma non ancora creare. L'elemento di trasgressione è fondamentale in una festa, quale che sia. Anche una cena di famiglia deve essere accesa da una scintilla: un nonno che scorreggia, una mamma che beve troppo, un marito che finalmente insulta la suocera.

Il senso di trasgressione alle feste dei nostri anni lo dava la violenta dissacrazione che veniva posta in essere nella casa del festeggiato. Il festeggiato veniva maltrattato, umiliato, e la sua malsana idea di condividere con tante persone il giorno che invece avrebbe dovuto dedicare alla sua famiglia o ai suoi (necessariamente pochi) amici più cari veniva sanzionata con la profanazione, con la carnascializzazione dell'evento: la tua festa diventava il tuo supplizio, i presunti amici diventavano i peggiori nemici. Era doloroso, ingiusto, ma era così che funzionava.

Gli esempi a sostegno di questa tesi certo non mancavano. Alla festa di Maria Giannacci, Bonetti e Raffaele Salvietta, servendosi del passavivande della cucina, erano entrati nella stanza della domestica che dormiva, convinti che lei che ci stesse. In realtà, svegliandosi di soprassalto, la signora aveva pensato ai ladri e aveva tirato uno zoccolo nel buio, colpendo in pieno volto il povero Salvietta, da quel giorno "Salvietta di sangue".

Al compleanno di Vallerani, Davide Navarra aveva puntato Briciola, il cocker della festeggiata. Con il suo Ciappi aveva preparato una bella spaghettata di mezzanotte agli ignari invitati e a Briciola aveva dato da mangiare un panetto di burro da 250 grammi, per vedere l'effetto che faceva. Uscimmo dalla festa che Briciola e una decina di invitati mugolavano, e non avemmo più il coraggio di chiedere notizie di Vallerani.

In un'altra memorabile serata, Navarra e Fochetti avevano spento la luce e dall'ingresso lanciavano una grandinata di uova sulla gente che ballava in salone, mentre Mariolino Gallo, in camera da letto, cercava di spingere a spalla il materasso matrimoniale fuori dalla finestra, per farlo cadere in strada. L'operazione fu poi ripetuta più volte in altre feste, e via via perfezionata finché non si riuscì a fare in modo che il materasso cadesse addosso ai genitori stessi di rientro dall'uscita serale (appositamente organizzata "per lasciare più liberi i ragazzi").

Valentino Vannucci andava oltre, e buttava i vasi giù dalla tromba delle scale. Roba da tentato omicidio.

Chi festeggiava diceva molto spesso addio alle sue cose. Fochetti una volta si era fregato un lp, un trentatré giri in vinile, di quelli grandi quanto un quadro, e per portarlo via di nascosto se lo era infilato sotto al piumino, dietro alla schiena. Solo che aveva uno smanicato, e la madre della festeggiata nel salutarlo era rimasta incantata a guardare quegli angoli di cartone che uscivano dalle sue spalle, tipo costume di un supereroe.

Il problema di recuperare gli effetti personali peraltro non era un'esclusiva del festeggiato. Al termine della serata difficilmente si ritrovava il piumino o lo Schott con cui si era entrati. Se ne prendeva un altro dal lettone su cui erano ammucchiati senza fare tante storie. Ero con Quirrot la mattina in cui incontrò Salvietta che indossava un suo rarissimo giubbotto da sommergibilista, giubbotto che gli era scomparso qualche settimana prima. Salvietta si scusò e lo restituì; Quirrot gli diede in cambio una cinta del Charro, in omaggio a una regola non scritta.

Bonetti contestava la legge del furto, e non sopportava neanche che Quirrot si fosse adeguato così supinamente alla norma dell'illecito. Io invece lo capivo. Le regole erano quelle, e si faceva prima a rispettarle.

D'altronde, non sono mai stato un drago: anche la mia carica di onestà si esauriva nel cercare di convincere i più simpatici a non organizzare le feste (in genere inutilmente, perché, recita un'altra norma universale, quando uno vuole farsi del male niente lo può fermare). Al sabato mattina, sulla vetrata della pizzeria di fronte alla scuola venivano affissi gli indirizzi delle feste del pomeriggio, organizzate in genere da ingenui ginnasiali che avrebbero visto la casa invasa e razziata da decine di spietatissimi imbucati.

Ecco perché alle feste bisognava andarci, ma non bisognava organizzarle. Adesso, naturalmente, le cose sono un po' più complicate.

3.

Io e Bonetti abbiamo avuto gli stessi amici, la stessa scuola, la stessa vita, gli stessi sogni, gli stessi gusti e due destini così diversi. Lui è felice e fa quello che ha sempre desiderato, io no. In un film di Fantozzi sarei stato uno dei megadirigenti. Sono diventato ricco, ma ormai lo sarà anche lui. Avrei voluto fare tante cose che non ho fatto. Avrei potuto, perché sono sicuro di aver capito come si fa a ottenere quello che si vuole. Solo che non ne sono capace.

L'altro giorno leggevo sul giornale l'ennesima intemerata di un politico contro il circolo Bilderberg, un simposio cui partecipano poche decine di persone che, secondo alcuni, decidono i destini del mondo. Io non ho mai preso parte a una di quelle riunioni. Sono notaio e vado verso i cinquanta, guadagno più che bene e frequento la bella società, ma il lavoro che faccio mi fa cacare. Ci sarei tanto voluto andare al Bilderberg. Pensa un po', tu entri in un castello dentro una macchina con autista e vetri oscurati, e tutti quei rincoglioniti che ti fischiano da fuori.

Grande.

Poi dentro che fai? Quelli parlano inglese, e mica è facile capirli. Né farsi capire. Per intenderci, quando a Los Angeles mi affacciai dal finestrino della macchina chiedendo: *"Where is the airport?"*, il passante mi rispose: *"Do you speak English?"*. Certo che però se fossi un potente da Bilderberg l'inglese lo parlerei. Oppure potrei cavarmela con *"Open the window, please"*. E a chi mi chiede dov'è la penna: *"The pen is on the table"*.

Sogno il Bilderberg e sono appena uscito da una cella condivisa con due ceffi. Non male.

Io non so da che ambiente possano essere usciti fuori i miei due compagni di stanotte, il ciccione e il tunisino, quale strano mix di natura e cultura li abbia portati qua. Non lo so e non mi interessa. Se la stessa cella che ospita loro può ospitare un ricco notaio figlio di ricco avvocato, se in questo carcere questa notte siamo finiti tutti e tre percorrendo strade che presumo molto diverse, vuol dire che nulla spiega nulla, che tutto può succedere.

Che, forse, tutto è già successo, trent'anni fa.

Oggi sogno il Bilderberg, il più esclusivo dei consessi. Tra l'81 e l'83 invece cercavamo di far parte di una massa; per i ragazzi l'élite è numerosa, chi non sta in un grande gruppo non conta nulla. Per rafforzare l'idea di gruppo ci vestivamo tutti uguali, come giocatori di una enorme squadra. Se non avevi una squadra, intanto ti vestivi come quella di cui avresti voluto far parte e aspettavi che qualcuno ti adottasse. I primi giri in cui io e Bonetti riuscimmo a entrare imponevano la Fruit of the Loom bianca (una variante ammessa era verde fluorescente), il piumino (in una progressione Ellesse, Ciesse, Moncler...), le Superga o le Timberland ai piedi, il gel in testa. Anche per i capelli esisteva una variante accettata: capelli lunghi con riga e ciuffone a coprire un occhio.

Via via che le frequentazioni e le letture liceali progredivano, ci spostammo in gruppi anarchici, libertari, vagamente sinistroidi dove la sciatteria era la regola e dove potevamo sbizzarrirci indossando quello che volevamo (salvo la Fruit of the Loom bianca, i piumini, le Timberland ai piedi e il gel in testa).

Insomma, un grande spreco di soldi per le nostre famiglie.

La caratteristica di tutte queste comitive giganti era che, pur conoscendosi a malapena l'un l'altro, ci si considerava fratelli (e sorelle): gruppi immensi nati davanti a un bar, una gelateria, una pizza al taglio, centinaia di persone che si vedevano e si frequentavano quasi alla cieca. Il patto che legava questi sconosciuti era un patto di sangue. Non meglio definito ma confusamente percepito come un misto tra i codici di Cosa nostra e la legge della giungla.

Di tanto in tanto scoppiavano risse terribili contro comitive avverse (identificabili non per ragioni politiche o di censo, ma perché ad esempio parcheggiavano i motorini davanti a un'altra pizzeria). In genere queste risse scoppiavano perché qualcuno aveva guardato male un altro, o perché qualcuno aveva infastidito *la donna* di un altro; in tal caso si era pronti a tirar fuori le cinte e dare il sangue.

Se però lo stesso fratello per cui era scoppiata la guerra prendeva, che so, l'influenza, nessuno gli telefonava, perché nessuno notava la sua assenza e comunque nessuno aveva il suo numero.

Quando ancora non avevamo una comitiva, Bonetti si era inventato la storia del bar Pellacchia. Il bar Pellacchia è tuttora una pasticceria per famiglie e pensionati che negli anni ottanta, per breve tempo, aveva tentato di intercettare la moda dei paninari, infilando in un contesto di legni antichi, cristalli e pavoni affrescati alle pareti due o tre file di tavolini stile *Happy Days*, e mettendosi a fare hamburger il pomeriggio, nel tentativo di attirare ragazzini sfaccendati (cioè noi). Un'idea nel complesso piuttosto deprimente, per entrambe le tipologie di clientela. Per la fortuna di tutti l'esperimento durò pochi mesi e si interruppe quando aprì il Burger di piazza Barberini che cancellò ogni concorrenza.

Bonetti e io finimmo al Pellacchia in uno di quei pomeriggi invernali che passavamo girando senza meta in motorino, patendo un freddo che non ricordo di aver mai più sperimentato a Roma. Eravamo con Lino (ovvero Pasquale) Fochetti, compagno di scuola di elementari e medie (finito però in un'altra sezione al liceo) e con Franco Spadacci, altro ex compagno di scuola che aveva già iniziato a lavorare nel negozio di casalinghi del padre.

Spadacci era un tipo strano, simpatico ma tormentato. A scuola andava malissimo, aveva una mente molto pratica che però non riusciva a sintonizzarsi su lezioni, compiti e verifiche. Non lo vedo più da quei giorni, ma credo abbia rilevato il negozio di famiglia. Fochetti l'ultima volta invece l'ho visto ieri, che spingeva quelle quattro fuori dal portone.

Comunque.

Mi ricordo che avevamo appena finito di parlare della Roma e stavamo cominciando a parlare di fica, secondo e ultimo capitolo all'ordine del giorno nei nostri summit, quando la suddetta si materializzò sotto forma di due ex compagne delle medie, sulle quali il passaggio al liceo aveva evidentemente avuto un effetto sbalorditivo.

"Ma quelle sono Cesani e Tamburini?"

Cesani e Tamburini erano consapevoli del loro nuovo charme, ma non potevano esagerare con la puzza sotto al naso visto che anche noi ai loro occhi eravamo un'incognita: la scuola ci aveva separato già da più di un anno e non erano aggiornate sulle nostre eventuali metamorfosi. Potevamo essere diventati dei fichi, avere degli amici più grandi, o essere in possesso di biglietti gratis (o almeno di "due per uno") per una delle discoteche in voga, il Piper o addirittura il Much (che si pronunciava con la "e" dopo la "m").

Non possedevamo nessuna di queste *wild cards*, ma io e Bonetti eravamo pronti a giocare sul fatto che loro non lo sapevano.

"Ciaoo..."

Cesani e Tamburini si avvicinarono, buttandoci lì un ciao strascicato, del genere "Che noia, bisogna salutarvi". Però lo avevano fatto, ci avevano salutato. *Quindi mettetela come vi pare, ma siete voi che venite da noi.*

Io: "Ciao!".

Bonetti: "Ragazzi, che vamp!".

Spadacci: silenzio atterrito. Sguardo che saetta ovunque per il locale, nel tentativo di non incrociare i loro occhi.

Fochetti: silenzio cupo. Sguardo intenso-accigliato, oscillante tra bocce e culo delle due ragazze.

Io e Bonetti ci mostrammo pronti a chiacchierare, come se il nostro cervello non fosse trascinato a valle dalle immagini degli improbabili (ma possibili) eventi che vedevano protagonisti noi e le due bionde. Spadacci, meno pronto ad adeguarsi alle nuove regole della convivenza uomo-donna che l'adolescenza avanzata imponeva, ne sfuggiva lo sguardo, senza aprire bocca. Fochetti sembrava invece voler immagazzinare immagini per un personalissimo secondo tempo che le ragazze fortunatamente non immaginavano, ma che sembravano inconsciamente intuire.

Io: "Che fate qua?".

Cesani: "Prendiamo una cioccolata".

Pausa di gelo.

Bonetti: "Noi un hamburger".

Altra pausa.

Tamburini capisce subito di che pasta siamo fatti e mentalmente ci archivia. Qui di "due per uno" non ne escono, amici più grandi neanche a parlarne. Ranò e Bonetti sono due sfigati. Spadacci e Fochetti fanno quasi paura.

Cesani (più brava ragazza, ormai è in ballo e cerca di chiudere la vicenda in maniera dignitosa): "Venite spesso qui?".

Io: "No, in genere andiamo da Burger King".

Fochetti: "Ma che cazzo stai a di', non ci andiamo mai".

Io: "Vabbe'...".

Pausa.

Spadacci: "Vado al bagno".

Cesani e Tamburini lo guardano allontanarsi.

Bonetti prova a rilanciare: "E voi?".

Tamburini, impietosa: "Voi che?".

Bonetti: "Voi che fate qui, intendevo".

Tamburini: "Cio-cco-la-taaaaaa!".

Fochetti: "Oh! Calmina, eh?".

Cesani a Tamburini, quasi temendo la rissa: "Forse è ora che andiamo".

Io: "Anche noi mi sa che facciamo tardi, dobbiamo andare".

Fochetti: "Dove?".

Spadacci che è tornato dal cesso: "Eh. Dove andiamo?".

Silenzio.

Bonetti con un cenno: "Ciao!".

Cesani e Tamburini: "Ciao".

Fochetti, con lo sguardo sui culi che si allontanano: "Che fregne...".

Bonetti, sibilante di rabbia: "Almeno dagli il tempo di allontanarsi, cazzo!".

Fochetti: "Mica mi hanno sentito...".

Spadacci: "Ma dove dobbiamo andare?".

Bonetti: "Da tua sorella".

Io: "Mortacci vostra, che figura! Ma due-parole-due non riuscite a dirle?".

Fochetti: "Meglio stare zitti che dire le cazzate che dici tu".

Io: "Ma che cazzate ho detto?".

Fochetti: "Che andiamo da Burger King".

Silenzio inviperito.

Bonetti: "Facciamo finta di uscire, va'. Se no si accorgono".

Ci ritrovammo in motorino, di nuovo al gelo senza un posto dove andare. Ci fermammo sotto le poste di piazza Bologna e riprendemmo il discorso dal punto 2 all'ordine del giorno, quello in cui ci eravamo interrotti, attualizzandolo alla luce dei recentissimi avvenimenti. Scoccate le sette e mezza ce ne andammo a casa dove ci aspettavano le famiglie.

Il giorno dopo arrivai in classe, e il genio stava creando. Bonetti aveva deciso di cambiare la sua (e la mia) condizione. Parlava fitto fitto niente meno che con Claudia Palazzi e Paoletta Nicastro. Diceva loro che eravamo stati "al Pellacchia" col Fochetti e con "lo Spadaccia". Raccontava che "lo Spadaccia" (che in quanto sconosciuto imponeva per lo meno un'apertura di credito da parte delle interlocutrici) era veramente un pazzo, che era il terrore delle ragazze del gruppo perché non le rispettava, le trattava malissimo, e proprio per questo loro ne erano profondamente affascinate.

Questa circostanziata menzogna aveva solo vaghe radici nella realtà dei fatti: non esistevano ragazze del gruppo, e a dir la verità non esisteva neanche un gruppo, se si escludono i quattro amici delle medie che si erano seduti al tavolo di una pasticceria.

Io e Bonetti, all'ingresso nel ginnasio, attendendo il momento in cui il nuovo ambiente ci avrebbe risucchiati, ci eravamo messi più o meno a disposizione delle mode e delle caste dotandoci di Moncler, Vespetta bianca e Boxer per gli spostamenti. Ma vivevamo questa apertura in modo diverso: ero più io a mettermi a disposizione della massa, aderendo anche con una certa partecipazione emotiva, meno Bonetti che si riservava la libertà intellettuale di segnalare la propria identità con piccoli particolari difformi rispetto alla divisa; un trascurabile dettaglio, un accessorio fuori posto, che però bastava a mettere in dubbio la sua adesione al gruppo e a spiazzarne i membri; un paio di scarpe di marca non omologata, o un adesivo sul motorino con un marchio non registrato dal branco. Una volta si presentò in tenuta d'ordinanza da Piper, sfregiata da un paio di mocassini da comunione. Per me era una inutile e rischiosa provocazione (e se ci lasciano ai margini del gruppo? e se non rimorchiamo?...); per lui l'unico modo possibile di accettare regole imposte da altri era introdurne di nuove, in modo da mettere in discussione le vecchie.

Comunque, a differenza nostra, Spadacci e Fochetti erano rimasti piuttosto ispidi. Meno uomini di mondo. Quando io e Bonetti transitavamo per un gruppo eravamo in grado di ridere e scherzare con le ragazze, fingendo una familiarità con l'altro sesso che in realtà non avevamo, ma che riuscivamo a mimare (ben sapendo che ognuno di noi è un mistero agli occhi degli altri). Fochetti e Spadacci invece restavano orgogliosamente al di là della barricata: in particolare, "amico delle donne" era per Fochetti il massimo dell'insulto, perché con le donne non si chiacchiera, essendo queste unicamente "da scopare" – cosa comunque non semplice, su questo concordava. Fochetti escludeva che il percorso *verso la fregata* prevedesse un primo momento di semplice frequentazione. Di qui il famoso paradosso di Fochetti: "Corteggiare le femmine è da froci".

Per questo motivo Fochetti alle donne non diceva una parola, mentre scherniva ferocemente me e Bonetti che cercavamo di farlo. Alle feste si metteva in un angolo e guardava intensamente le ragazze bisbigliando appena possibile all'orecchio mio o di Marco ipotesi estreme sulla loro vita sessuale. E noi hai voglia a sorridere e dissimulare.

Bisogna dire che Spadacci e Fochetti non erano gli unici sostenitori della linea dura. Erano in tanti a non apprezzare i nostri sforzi diplomatici, i nostri tentativi di dialogo col nemico.

Lo stesso Bonetti inizialmente aveva avuto le sue scivolate. Nel difficilissimo periodo di metamorfosi che segna il passaggio dalle medie al ginnasio lo andavo a prendere sotto casa con la Vespa per portarlo a scuola. Lui scendeva con i jeans un po' strappati, il Ciesse rosso, il gel in testa; insomma, a uno sguardo inesperto sarebbe sembrato davvero un fico. Poi però mentre sfrecciavamo davanti alle ragazze che aspettavano l'autobus su via Nomentana, lui urlava alla più carina: "Zoccolaaaaaaa"; l'incantesimo si rompeva e ci ritrovavamo retrocessi in seconda media.

Navarra, che sembrava un arcangelo californiano e quindi con le donne aveva sempre avuto vita facile, era naturalmente dalla parte nostra, ma persino lui era stato più volte protagonista di un cult: quando entrava la prof di scienze, incassava la testa fra le braccia chiudendo le mani sopra la nuca, schiacciava la faccia sul banco e, nascondendosi dietro le sagome di quelli davanti, urlava dando un finto colpo di tosse: "Bbonaaa!".

I racconti di Bonetti sul Pellacchia resero comunque in breve "lo Spadaccia" un leader agli occhi dei nostri compagni di classe, che ne narravano le gesta ad amici e parenti. In poco tempo "Pellacchia" e "Spadaccia" diventarono un mito, tanto che fummo costretti a lungo a nascondere l'indirizzo del posto (e a nascondere Spadacci) perché non si scoprisse il bluff.

La matrice di Bonetti era composta: gli ostacoli (se così li si poteva definire) erano quantomeno aggirabili. Se si riusciva a trasformare quattro sfigati in un gruppo, una pasticceria nel centro del mondo, e soprattutto se si poteva creare dal nulla una comitiva dalla quale chi era escluso (cioè tutti, dal momento che la comitiva non esisteva) sentiva di non contare niente... Insomma, il canestro era alla portata di tutti, bastava trovare il pallone da buttarci dentro.

E adesso "dentro" ci sono finito io.

Quando esco, devo ricordarmi di cercare Spadacci.

Sangue appiccicato

Vede, dottoressa, prima di arrivare ai fatti di cui lei mi chiede, vorrei dirle che fra i tanti pensieri di questa notte al fresco ho messo a fuoco quella che è per me una grande verità. Per spiegarle di cosa si tratta devo però raccontarle di un mio ex compagno di scuola, Mariano Rìdoli, che ora lavora in Telecom. Non eravamo particolarmente amici, ma ho un ricordo chiarificatore legato alla sua famiglia. Un fatto che ci ha raccontato lui stesso una sera, quando ci spiegava le tante ragioni del suo divorzio.

L'ex moglie non l'ho mai incontrata, ma conoscevo la madre di Rìdoli. Una donna del Sud, bellissima, dura. Vedova ben presto, ha cresciuto da sola Mariano e altri quattro figli.

Mariano, ci raccontò, appena sposato portò a casa la moglie per festeggiare il Natale. Cenarono con tutti i parenti per ore e ore in una tavolata lunghissima e poi, per la mezzanotte, andarono a messa. Dopo la funzione, qualcuno tirò fuori una macchina fotografica. La diedero a un passante e gli chiesero se poteva scattare una foto. Si misero tutti insieme, in posa, spalle alla chiesa. Spinta da un senso di discrezione, la giovane moglie, che conosceva poco i parenti, si teneva un po' in disparte finché Mariano le fece cenno di raggiungerli: "Angelica, vieni dai! Vieni anche tu!". La madre la gelò: "Sì, dai, vieni. Mettiamoci anche il sangue appiccicato".

Sangue appiccicato, immagine chiara e terribile. Lei era sangue, perché ormai aveva sposato il figlio, ma era sangue diverso da quello della famiglia vera.

Era sangue appiccicato.

Ecco, vede, dottoressa, io ormai vivo circondato da sangue appiccicato. I miei colleghi sono sangue appiccicato, le

ﾐie frequentazioni sono sangue appiccicato, le persone con cui parlo, discuto, vado a cena e in vacanza sono sangue appiccicato.

Il sangue vero l'ho lasciato nel mio passato. Il sangue vero lo condivido con gli amici di scuola, che però si sono creati altre vite. Qualcuna è andata bene, qualcuna male, ma insomma: loro sono andati avanti.

Quando torno a casa tiro un po' il fiato, ma sono depresso, e la mia famiglia lo sente.

Il giorno dopo esco di nuovo, e torno dal sangue appiccicato.

Ed è per questo, e non per gli eventi di ieri notte, che stamattina sono qui, seduto davanti a lei.

Le spiegherò meglio. Ha un po' di tempo, vero?

Un pantheon

Italia-Brasile 3 a 2, Italia-Germania 3 a 1. Rossi, Tardelli e Altobelli. La grinta di Tardelli, la durezza di Gentile, la fantasia di Bruno Conti, la furbizia di Paolo Rossi. La freddezza di Zoff, l'eleganza di Scirea. La fatica di Oriali. L'intelligenza di Bearzot. Una squadra che sembrava dover uscire al primo turno e invece vince il Mondiale.

La Roma di Liedholm: Tancredi, Nela, Vierchowod, Ancelotti, Falcao, Maldera, Iorio (Chierico), Prohaska, Pruzzo, Di Bartolomei, Conti. Lo scudetto, l'amara finale Roma-Liverpool.

La Juve di Platini: Tacconi, Gentile, Cabrini, Bonini, Brio, Scirea, Penzo (Vignola), Tardelli, Rossi, Platini, Boniek.

L'Inter di Trapattoni: Zenga, Bergomi, Brehme, Berti, Ferri, Mandorlini, Bianchi, Matthäus, Diaz, Matteoli, Serena.

Il Milan di Sacchi: G. Galli, Tassotti, Maldini, Colombo, F. Galli, Baresi, Donadoni, Ancelotti, Virdis, Gullit, Evani.

Ma anche il Napoli di Maradona: Garella, Bruscolotti, Ferrara, Bagni, Ferrario, Renica, De Napoli, Romano, Giordano, Maradona, Carnevale.

La Lazio del -9: Terraneo, Podavini, Gregucci, Magnocavallo, Piscedda, Acerbis, Mandelli, Pin, Caso, Poli, Fiorini.

Il Cagliari di Uribe e Victorino, o quello del tridente: Corti, Azzali, Longobucco, Tavola, Lamagni, Brugnera, Virdis, Quagliozzi, Selvaggi, Marchetti, Piras.

E ancora: l'Atalanta di Mondonico, Garlini e Strömberg, l'Avellino di Juary, quello di Barbadillo, l'Ascoli di Rozzi, di Mazzone e Pasinato, il Foggia di Zeman. L'Udinese di

Neumann, il Bologna di Enéas. Persino la Pistoiese di Luis Silvio.

E soprattutto il Verona di Bagnoli: Garella, Ferroni, Marangon, Briegel, Fontolan, Tricella, Fanna, Volpati, Galderisi, Di Gennaro, Elkjaer.

Chiunque ce la può fare. *Tutti hanno uno straniero.*

Sono gli anni ottanta dei piccoli che possono vincere, e talvolta vincono.

Degli outsider, dei Maverick.

4.

Mia nonna diceva: "Tutti i grandi viaggi iniziano con un piccolo passo".

La vita è determinata da cazzate, dico io.

Piccole cose, incidenti da poco, episodi che, se li sai utilizzare, ti possono portare sulla giusta strada e che se li subisci ti possono scaraventare fuori rotta.

In particolare la nostra vita, quella mia e di Bonetti intendo, è composta solo di eventi minimi, mai di grandi rivolgimenti. Ma erano svolte di cui magari non mi sono neanche accorto, di cui non sono riuscito a fare pienamente tesoro, a differenza di Marco. Lui usava qualsiasi spunto per uscire dalla sua condizione, perché era tormentato dallo status quo. Soffriva. Io invece nello status quo cercavo di accomodarmi.

Sarà l'alcol di ieri sera, sarà la tensione che ora mi riempie il sangue di adrenalina, ma mi sembra di capire dove è cominciata la fortuna di Bonetti (e quindi la mia, fino a quando sono stato capace di goderne).

Eravamo alle medie, e fu una delle poche volte in cui lo vidi scioccato, teso, senza parole. Aveva una faccia di pietra, seduto di fianco a me, nello stesso banco. Provava a sorridere, ma era uno di quei sorrisi tirati che dicono solo "portatemi via di qui, sono a disagio".

Aula di seconda C. Tanti banchi, tanti alunni seduti, perché eravamo una classe di trenta.

Maddalena annuncia: "Terzo classificato, Cesare De Rosa!".

Boato.

A Raffaella tocca annunciare il secondo classificato: "Filippo Agostini!".

Boato. De Rosa intanto sale sulla sedia e ringrazia la platea.

"Primo classificato..." È Gaia ad annunciare il vincitore: "Flavio Pellegrino!".

Pellegrino monta sulla cattedra e in segno di vittoria scaglia il registro in aria.

Non mi aspettavo nulla da questa classifica, quindi mi faccio una risata. Qualcuno applaude, qualcuno se ne frega, qualcuno cerca di finire i compiti di matematica prima che rientri la prof.

Ma al mio fianco Bonetti è sotto choc. Ride e applaude, ma si vede che ci è rimasto malissimo. Me ne accorgo solo io, perché nessuno si immagina che puntasse al podio. E questo, se lui lo sapesse, peggiorerebbe la situazione.

Stiamo parlando della classifica delle femmine alle medie, quella che stabilisce i più belli e i più brutti. Bonetti non era neanche fra i primi tre, e non lo avrebbe mai immaginato. Attenzione: non era deluso perché si riteneva bello; solo non aveva mai considerato l'ipotesi di non essere centrale.

Alle elementari Bonetti era il perno del mondo. Era bravo, "caruccio", brillante, simpatico. Le bambine gli correvano dietro, le maestre lo adoravano, era oggetto delle attenzioni di tutti. Non aveva mai avuto dubbi sul fatto di essere il migliore.

Un giorno invece, in seconda media, dopo oltre un anno in cui lui aveva dato per scontato di essere il top del top, si scopre quarto, insieme a me. Ha vinto Flavio Pellegrino, un bocciato butterato, secondo, Filippo Agostini (un biondino qualsiasi), terzo, quel mostro di Cesare.

Marco aveva vissuto un anno e mezzo in un mondo tutto suo. Pensava di essere un vincente, un leader, mentre agli occhi degli altri non lo era.

Dopo di noi comparivano nella lista diverse tipologie di persone, alcune delle quali a malapena normali. Noi eravamo il confine tra Cesare De Rosa e la mediocrità. Anzi, forse era Cesare il confine tra Filippo Agostini e i paria, e noi eravamo i primi dei reprobi.

Io bene o male non mi aspettavo nulla dalla classifica, ma lui era mortificato, e questo rendeva la sua situazione ben peggiore di quanto non dicesse il punteggio, perché nel fondo della classifica riposavano ragazzi talmente in pace con se stessi che davano l'impressione di poter rimorchiare anche da laggiù (cosa che poi puntualmente accadde).

Alla luce della classifica appena sfornata, Marco Bonetti si domandava cosa avesse che non andava.

"Ci vediamo alle quattro, rega'? Partitella?" fece Fochetti salutando tutti all'uscita di scuola. "Oho! Sveglia, Bonetti! Alle quattro?"

"Sì, sì, alle quattro," rispose distrattamente Marco, che intanto pensava alla classifica.

"Hai altro da fare?"

"No, no... Ci vengo..."

Il cortile ormai si svuotava, restavamo solo io, Bonetti, Fochetti e Spadacci, che peraltro chiudeva miserevolmente la classifica.

"Marcoo," sbottai. "Non puoi rosica' per la classifica."

"Ma perché?" fece Spadacci cadendo dalle nuvole. "Pensavi d'esse' bello?"

Fochetti ascoltava, ma intanto guardava il 445 che arrivava alla fermata. Se avesse fatto una corsa lo avrebbe preso, altrimenti per il prossimo avrebbe dovuto aspettare una ventina di minuti. Sarebbe arrivato a casa alle due e mezza e la madre si sarebbe incazzata.

Bonetti guardava Spadacci e non sapeva cosa dire. Il discorso era complicato, e non era lui l'interlocutore adatto.

"Il punto è che non vado di moda," decise di rispondergli con un lampo negli occhi. "E non vai di moda neanche tu."

"Questo è scemo," fece Spadacci andando via; a lui della classifica non gliene poteva fregare di meno, visto che rischiava di perdere l'anno per la seconda volta consecutiva.

"Ma vattenaffanculo!" fece Fochetti, che cominciò a correre verso la fermata. "Ci vediamo alle quattro ai giardini!" riuscì a urlare prima di essere ingoiato dal piccolo bus verde insieme al gruppo, come plancton da una balena.

A Bonetti restavo solo io. Ci avviammo verso casa sua. Avremmo mangiato insieme, poi compiti e quindi partitella, come s'era detto.

Bonetti intendeva fare qualcosa per cambiare la propria condizione. Se alle elementari Valentina e Lisa sembravano litigarselo (e non serviva fare altro se non essere se stessi e raccogliere il successo ascoltando le ragazzine ridere e bisbigliarsi commenti all'orecchio), alle medie tutto gli sfuggiva. Più cercava di capire il perché, più si sentiva scivolare giù in quella maledetta classifica.

"Ranò, sai cosa non va nella nostra vita? Cosa ci ha spinto in fondo alla lista?"

"Che ne so, Marco. I brufoli? I baffetti? Il fatto che andiamo bene a scuola? Valentina e Lisa erano miopi? Comunque siamo quarti, non è neanche tragico."

"Il problema, mio e tuo, è che siamo normali," rispose Bonetti. "E questo non va."

"Che vuoi dire?"

"C'hai le Clarks tu? C'hai i dischi dei Dire Straits?"

"Che sono le Clarks?"

"Le scarpe che c'ha Pellegrino, quelle grigie. Quelle da fascio."

"No, non ce le ho. Comunque mi sa che sono da fascio se sono pulite, sono da zecca se sono sporche."

"Vedi, stai già un passo avanti a me."

"Mio fratello se le è fatte tortora."

"I tuoi litigano?"

"I miei? Manco si incontrano! Come fanno?"

"I miei litigano poco. Troppo poco."

Io cercavo di ridimensionare il problema, ma lui ragionava sulle cose che non funzionavano e non le accettava. Questa è sempre stata la sua forza. Non tollerava di farsi trascinare dalle situazioni, si agitava per cambiarle.

Cosa lo penalizzava? Si convinse che non fosse l'aspetto, quanto la sua immagine.

Lui era *ovvio*.

Cesare De Rosa portava a scuola le magliette dei giocatori, perché il padre era un importante giornalista sportivo: la maglia di Tita, il brasiliano che a fine carriera era andato a giocare al Pescara, ma persino il 4 di Ancelotti, o l'8 di Prohaska. Aveva dei fratelli grandi, arrivava in classe con i fotoromanzi di Supersex, andava in vacanza nei villaggi Valtur. Faceva insomma intravedere alle sue spalle un mondo cui sarebbe stato bello appartenere.

Il padre di Rizzotti invece, ad esempio, aveva il ristorante, e tanto bastava a renderlo interessante. Filippo di cognome faceva Agostini, e già solo il fatto di chiamarsi come il motociclista gli regalava un senso. In generale, ognuno aveva un suo perché.

Pellegrino batteva tutti perché era ripetente, ed erano in pochi tra noi a biasimare e commiserare un bocciato. I più lo trovavano carismatico.

Ivana aveva il negozio di vestiti, come Pierpaolo, che aveva anche la tessera della Metro e quindi poteva comprare le cose di marca pagandole poco o nulla. Pierpaolo si era picchiato con Venturi, Gaia flirtava coi grandi e si truccava. Mafalda aveva i genitori separati.

La famiglia di Bonetti invece era un classico. La mamma era una donna colta, insegnava alle medie, amava il suo lavoro e i suoi alunni; il padre era funzionario in una compagnia assicurativa. Viaggiava molto, non guadagnava poco, ma neanche tanto, amava stare con gli amici, ascoltare la musica e andare al cinema. La sorella più piccola, Margherita, era brava, carina e andava bene a scuola, come lui.

Una famiglia allegra, unita, profonda ma socievole.

Ora l'allarme suonava nella testa di Bonetti, e l'allarme era la classifica dei belli. Non era il narcisismo a muoverlo, era la volontà di comprendere la realtà, per controllarla e piegarla al suo volere.

Non ebbe mai il dubbio che gli altri avessero ragione, sapeva di averla lui, ma capì che a dare la linea in classe non era chi stava meglio. Era chi stava peggio.

Il mondo di cui faceva parte era guidato da orientamenti diversi dai suoi. Più superficiali, traballanti, effimeri e destinati alla sconfitta. Ma al momento dominanti.

Bisognava indossare la maschera, calzare le pinne e mettersi le bombole. Poi immergersi in profondità nel mondo sconosciuto. Tanto, lui, una barca che lo aspettava in superficie l'aveva sempre.

La barca più sicura di tutte: la normalità.

5.

La sicurezza di riapprodare alla normalità dava a Bonetti l'enorme potere di andare ovunque. Sapere che a casa il pranzo era pronto gli dava la possibilità di non tornare a casa per mangiare. Da me il pranzo sembrava una mensa. Tina, la donna di servizio, preparava un giorno pasta al burro e un giorno pasta al sugo (il giorno dopo pasta al burro, quindi pasta al sugo, e via così, fino al weekend, quando andavamo a mangiare il sabato da una nonna, la domenica dall'altra).

Tina lasciava i piatti in cucina, e ognuno di noi, quando decideva, passava e prendeva il proprio, buttandolo giù nel punto della casa che preferiva. In genere io e mio fratello (di due anni più grande) ci trovavamo davanti alla televisione, a vedere *Il pranzo è servito*.

Mia madre passava con "Novella 2000" in mano e diceva qualcosa come: "Ecco, con questa qui mi scambierei", indicando il culo di qualcuna fotografata di spalle.

Ingoiata la pasta, mio fratello si attaccava al telefono e prendeva appuntamenti per la sera, poi metteva giù e andava in camera sua. Passando davanti al divano dove ero buttato, afferrandosi il pacco, mi urlava: "Coglioneeee! Attaccate a 'sto cazzooo!".

Io lo guardavo passare e appena rimasto solo giravo sul *Tg1*.

Grosso atto rivoluzionario.

Mio padre era un avvocato. Aveva uno studio dalle parti di Prati. Partito da zero, aveva lavorato duro e, un po' grazie alla sua abilità, un po' alla fortuna, un po' alla molta malizia di cui era dotato, si era creato uno spazio unico al tribunale fallimentare, dove da qualche anno (già quando ero alle medie) faceva il bello e il cattivo tempo.

Adesso lui e mia madre, che non lavorava, pianificavano il grande salto, che ci avrebbe portati da Roma Est a Roma Nord. Si poteva fare.

A casa mia giravano parecchi soldi ma pochi libri, e per dotarsi di sicurezza nei propri mezzi sono più utili i secondi. Mio fratello studiava con poco profitto, ma nessuno a casa se ne preoccupava un granché, perché era un bel ragazzo e riusciva negli sport. Tutti sapevano che avrebbe trovato un posto infilandosi tra gli affari di papà. Aveva la moto, i capelli lunghi sulle spalle, si metteva i Ray-Ban e si vedeva con gli amici a piazza delle Muse. Si sentiva un fico, era un coglione.

Ma un coglione con un bel giro ai Parioli.

Io che ero bravo a scuola, se tutto fosse andato bene, con un aiuto di qualche amico dei miei avrei potuto puntare al notariato. Mi piaceva studiare, e studiavo tanto. E a casa non capivano perché: mio padre era uno che sui libri aveva sudato, ma solo per dovere. La laurea senza dubbio serviva, ma l'idea che lo studio potesse dare piacere gli risultava incomprensibile. Leggevo, anche, e mi divertivo con Marco e i nostri amici (tipi che a casa mia non piacevano a nessuno). Andavo forte, ma sentivo che la mia corsa era a tempo. A un certo punto sarebbe suonata la sveglia e sarei dovuto rientrare nei ranghi.

Al liceo ridi e scherza, mi dicevo, poi all'università dovrai rimetterti in carreggiata e avviarti verso lo studio di papà. Un po' pensavo fosse giusto, un po' che sarebbe stato inevitabile, un po' cercavo un alibi che mi permettesse di non combattere.

Bonetti viveva la sua vita, la creava ogni giorno. La sua famiglia gli offriva forza e sicurezza, ma nient'altro. Se non si fosse dato da fare lui, nessuno gli avrebbe potuto evitare una vita non dico mediocre, ma di certo mediana. Tutto quello che voleva in più doveva conquistarselo, e la sua famiglia lo sosteneva.

Io mi voltavo verso i miei genitori e vedevo due agiati borghesi romani che mi guardavano perplessi come a dirmi: perché ti sforzi tanto? Quando ti stanchi di far cazzate

41

vieni a tavola, che c'è già tutto apparecchiato. E sedersi a tavola e mangiare il pasto già pronto è una tentazione cui non ho mai saputo resistere.

(*Come so' 'ste olive?* diceva Brega, e Verdone rispondeva: *So' greche...*)

Il paradosso è che il privilegiato agli occhi di tutti ero io, mentre in realtà era Bonetti quello avvantaggiato. Lui si giocava tutto, io non sapevo neanche se volevo puntare qualcosa.

6.

Non so se hanno preso Bonetti, non so se è riuscito a scappare da quella finestra; di certo però per un grande regista essere arrestato può essere una specie di spot, uno scatto di carriera. Davide Navarra, figurati. Quello se ne ritorna in California a disegnare villaggi. Fochetti è scappato, l'ho visto. È stato il più rapido, risoluto. Che poi magari esce fuori il suo nome. Mica posso dire il falso al pm. Speriamo non mi chiedano nulla, non vorrei diventare pure un infame. Ieri notte ce l'avrei potuta fare. Sarei dovuto schizzare via appena visto il corpo. Ma ho pensato che il pretino mi avrebbe denunciato. Ho pensato troppo e sono rimasto fermo sulle gambe. Ed eccomi qua. È sempre questione di secondi. Eppure una volta lo sapevo. Pensare troppo costa caro. Come si chiamava... Papà Lorenzo! Papà Lorenzo. Un ristorantone sull'Aurelia, di quelli in cui si organizzano i balli di gruppo nel fine settimana. Ci eravamo fermati a cenare, prima di proseguire per Saturnia, dove avremmo fatto il bagno alle sorgenti. Saremo stati una ventina. C'erano anche Paoletta Nicastro e la sorella di Quirrot. Che si chiamava... boh. Forse Isabella. Era più piccola, ma carina forte. Sarà diventata una fica stratosferica. Be', ormai avrà più di quarant'anni comunque. Paoletta Nicastro era una punk di Ostia. Veniva ogni giorno in macchina a Roma con la madre (separata) che lavorava in un'agenzia pubblicitaria. Non era particolarmente carina, ma era molto seducente. Scoppiettante, spiritosa e alla mano, si colorava la cresta, diceva parolacce, beveva birra e sapeva parlare con i rutti.

Fatto sta che scappammo in venti senza pagare. Tutti di corsa a piedi sull'Aurelia, di notte, con le macchine che ci sfrecciavano a fianco e i camerieri in motorino che ci inseguivano, fino a che Quirrot, Navarra e Fochetti, che nel frattempo con una manovra diversiva avevano raggiunto il parcheggio sul retro, ci raccolsero con le auto quando eravamo lì lì per consegnarci ai gendarmi di Papà Lorenzo, ormai arrivati a qualche metro da noi.

Quella sera io e Bonetti avevamo perso l'attimo. Per noi era il battesimo del vento, era la prima volta. Hai presente quando vedi succedere davvero qualcosa che fino a quel momento avevi solo immaginato? Quando la realtà sgretola la fantasia, perché va più forte, perché ha il potere di accadere, il potere che la fantasia non ha?

C'è un attimo in cui, mentre tu stai ancora seduto a tavola, qualcuno urla "Ventooo!" e si alza. Di seguito lo fanno tutti gli altri, e cominciano a correre. In quell'istante tu stai ancora bevendo, o mangiando il gelato, o chiacchierando con qualcuno che si gira fulmineo, si alza e comincia a correre. Senza finire la frase.

Tutto questo sta succedendo, e mentre pensi che non è giusto, che bisognerebbe pagare, ma pensi anche che se non fai il vento ti trovi con il conto di venti persone da saldare e hai solo diecimila lire in tasca... il cameriere vede te, che sei rimasto l'ultimo. E allora ti alzi e corri, corri anche tu, e non hai tempo per pensare se è giusto o no, se stai facendo una cazzata, se tuo padre e tua madre ci rimarranno male.

Corri, scappi. E se ti prendono sei fottuto. Magari chiamano anche la polizia.

E così facemmo io e Bonetti, matricole del vento. Per ultimi, ma ci alzammo e scappammo. E il cameriere arrivò a prendermi anche per la manica della camicia, ma non riuscì a trattenermi.

E quando, dopo la lunga fuga, riuscimmo a buttarci dentro la macchina di Quirrot in corsa, con la Nicastro che teneva aperto lo sportello per farci saltare dentro, quando ci ritrovammo schiacciati dentro una Volvo station wagon con altri cinque amici e un paio di fascinosissime amiche, con i polmoni che ci bruciavano, con i muscoli e il cuore che scoppiavano per lo sforzo, gli occhi rossi di adrenalina... ci sentimmo eroi. Protagonisti. Il centro del mondo.

Ed era solo l'inizio, perché ancora dovevamo arrivare a Saturnia.

Il "battesimo del vento".

In seguito diventammo professionisti. "Ventooo", e ci si alza.

Ricordo che alla Mosca bianca (uno di quei localini vicino al Colosseo dove si finiva quando proprio non c'era niente da fare) rimase seduto Rocchi. Non fu pronto e gli toccò pagare. Gli restituimmo i soldi, il giorno dopo.

A noi bastava non essere rimasti nelle mani di osti inviperiti e maneschi.

Figli del vento.

Consigli per gli acquisti

Il Moncler d'inverno, i jeans sopra la caviglia, magari senza orlo, arrotolati sopra le Superga. Le Clarks. Le cinture del Charro, i costumi Port Cros. Le camicie coi disegni cachemire (con le melanzane, si diceva).

Il montone, la giacca color cammello. Le ragazze con le spalline.

La tolfa (ma forse era di qualche anno prima).

Le espadrillas, le Nike Air Pump, le Timberland, stivaletto o da barca. La Vespa con le scritte, o con gli adesivi Kailua. I Camperos e i Frye. Le Yachting Club. Il Ciesse, la Marina Yachting e quelle giacche incerate... lunghe... Come cacchio si chiamavano...

Le Henri Lloyd.

7.

Dopo la classifica della vergogna, quella elaborata dalle schizzinosissime femmine della classe, la prima reazione mia e di Bonetti alla certificazione del nostro squallore fu il tentativo di rimorchiare a tappeto. Sull'autobus, ai giardinetti, nel cortile della scuola, cercavamo con goffaggine di rivalutare la nostra immagine con un colpo di scena. I risultati non furono granché, e capimmo che bisognava inventarsi qualcosa.

Se non riesci a cambiare te stesso, puoi sempre provare a cambiare gli altri. E noi li cambiammo tutti, in blocco. Nel senso che li sostituimmo.

Tornavamo dalla classica partitella a Villa Torlonia quando vedemmo De Rosa che passeggiava per via Catanzaro con un braccio attorno alle spalle di Raffaella.

"Marco," gli dissi, "qua mi sa che continuiamo a giocare a pallone per l'eternità se non ci diamo una mossa. Che ci inventiamo? Io non piaccio a nessuna in classe, e secondo me neanche tu. Io posti dove incontrare altre ragazze non ne conosco, siamo senza via d'uscita."

Bonetti ci stava pensando da tempo, e palleggiando un Tango con la spalla mi propose la sua soluzione: "Spostiamoci".

Espose quello che anni dopo formalizzammo come "il teorema di Salvatore Bagni" (fu l'esempio per me chiarificatore, un attaccante che per sfondare davvero nel grande calcio pensò di reinventarsi mediano; se ne avessimo parlato oggi avremmo fatto riferimento... che so... magari ad Andrea Pirlo).

La regola di Bonetti era: se non sfondi, cambia posto.

La mia sarebbe stata: se non sfondi, vuol dire che non puoi sfondare.

L'Inghilterra, o per essere più precisi l'ospitalità di una famiglia inglese organizzata dal Cts (Centro turistico studentesco), era un classico per i tredici-quattordicenni dell'epoca. A quell'età (e forse a qualsiasi età) viaggiare non significa solo spostarsi da un posto all'altro, ma crearsi una nuova vita. Non per sempre, d'accordo, solo per un po'. Ma è un'occasione da non perdere; per breve tempo ti liberi del tuo mondo, dell'immagine che gli altri hanno di te, ti offri la chance di essere quello che non sei ma vorresti diventare.

Una sorta di fiction, o di collage, che la gente della nostra età oggi compone in genere iscrivendosi ad Avventure nel mondo: puoi prendere il meglio di tutte le persone che conosci e indossarlo. Prendi le battute di questo, la sicurezza di quello, salvi il meglio di ciò che hai. Ad esempio (per tornare a me e Bonetti delle medie) puoi fingere di avere la ragazza a Roma, lasci intendere di averne viste di tutti i colori, e ti lanci.

Il bluff in genere dura poco, il tuo Dna alla lunga ti raggiunge e finisci per ricreare le dinamiche da cui fuggivi. Esiste però un limbo di un paio di settimane in cui riesci a imbrogliare gli altri (e te stesso) e, se sei fortunato, a recitare a meraviglia la parte che ti eri prefisso.

A Gatwick venimmo accolti dal responsabile del gruppo che ci distribuì presso le famiglie di destinazione. Fummo fortunati. Io finii in casa con una ragazza di Brescia, a cui evidentemente piacevo, e da quel giorno la speranza di incontrare "le bresciane" nei nostri viaggi fu la luce in fondo al tunnel che ci fece superare momenti durissimi.

Come sempre, invece, le vicende di Bonetti sono meno scontate. Bonetti era finito in famiglia con Zazà, un ragazzo costretto dai genitori a partire, ma che non aveva nessuna intenzione di imparare la lingua. Romano di Centocelle (all'epoca una periferia bella tosta), aveva una capoccia enorme di ricci poggiata su un corpicino esile. Spiritoso e brillante, parlava solo romanaccio e aveva un unico obiettivo: trovare marijuana da fumare. Per uno di quattordici anni, niente male.

Una coppia del genere non poteva che avere successo. Due romani così carismatici, uno sballato, l'altro abbastanza spregiudicato da recitare la parte dello smaliziato pur senza averne le basi, erano destinati a diventare gli idoli della scuola di lingua. Marco e Zazà dominarono il gruppo che si era formato nella cittadina alle porte di Londra in cui si teneva il corso.

Assolutamente disinteressati alla materia, tormentavano di battute sarcastiche in romanaccio i connazionali della classe, congrega di per sé comunque poco portata allo studio dell'inglese.

La centralità era stata riconquistata. Bonetti aveva "rimesso la chiesa al centro del villaggio", come ho scoperto da poco che dicono i francesi.

Ora bisognava fare qualche passo avanti.

Per qualche giorno i signori inglesi che li ospitavano (ottimisticamente definiti *English dad* e *English mum* dall'organizzazione) provarono a fare conversazione con loro, a costruire un rapporto umano, ma i loro tentativi si scontrarono con i mugugni dei due cafoncelli romani. Dalle loro bocche non usciva una parola.

E questo fu il periodo migliore, il primo.

Il secondo fu caratterizzato dalle chiacchiere in italiano tra i due ospiti, chiacchiere che, a tavola, tagliavano completamente fuori i coniugi Lewish, sempre più silenti e imbarazzati.

Nel terzo periodo Marco e Zazà prendevano direttamente per il culo (sempre in romanaccio) i loro – peraltro estremamente gentili – ospiti. "Che cazzo vuole questo?" era la risposta al *Good morning* del signor Jack che li salutava di prima mattina; "Attento alla vecchia che vuole scopa'," urlava Zazà dal bagno lasciando solo Marco in camera, mentre la signora entrava per aprire le finestre. *Dad and mum*, che non capivano la lingua e che probabilmente mai più si sarebbero lanciati nell'avventura di ospitare due italiani, alla lunga decisero di rispondere con uno sdegnato silenzio, nella sola speranza che si consumassero in fretta i giorni che li separavano dalla fine dell'imprevista prigionia.

Il rapporto naufragò definitivamente quando Marco e Zazà si presentarono a casa alle quattro di mattina dopo aver promesso di cucinare gli spaghetti alle diciotto per i signori Lewish e i loro amici. Prima di abbandonarli a se stessi la signora provò a far loro una ramanzina, e Marco e Zazà, che sapevano di aver esagerato, erano anche disposti a prendersela.

Purtroppo però non capivano l'inglese.

Bonetti si ubriacò sul volo di ritorno con la bottiglia mignon di rosso che gli consegnarono per sbaglio insieme al pranzo, e ci provò con Monica, una bella ragazzina di Pisa che era seduta vicino a lui. Lei rispose al suo bacio. Un trionfo in zona Cesarini.

Anche con le donne il conto era stato pareggiato. Adesso si poteva iniziare un altro campionato. Avremmo affrontato il prosieguo dell'estate col sorriso sulle labbra e con la sicurezza che solo chi ha pomiciato in aereo può avere.

Ricordiamoci che il mondo degli adolescenti non è un paradiso, è un inferno. E noi volevamo uscirne in fretta, per non bruciarci.

Gold

Vede, dottoressa, proprio ieri un fatto imprevisto ha cancellato con un tratto tutti gli ultimi anni in cui non avevo sentito Bonetti. Ovviamente avevamo seguito con interesse le rispettive carriere, a volte ci eravamo incontrati a delle cene o in occasioni pubbliche, ma erano almeno quindici anni che non eravamo più gli amici di una volta (due fratelli, di più, due anime con la stessa chiave di lettura della vita, se togli quelle minime differenze che alla fine si erano spalancate dividendoci). In un attimo tutto cancellato: gli ho mandato un sms, perché solo Bonetti avrebbe potuto capire cosa avevo provato pochi minuti prima.

Avevo visto Tony Hadley. Sandali, pantaloni corti e camicia tesa sulla pancia a cocomero. Un comune turista inglese (americano, avrei detto, se non lo avessi riconosciuto), affaticato dal caldo irrespirabile del luglio romano. Non mi stupì vederlo gonfio, ingrassato, invecchiato. Mi stupì solo il fatto che esistesse ancora.

Gold
Always believe in your soul
You've got the power to know
You're indestructible
Always believe in, because you are
Gold...

Incredibile. Tony Hadley.
Ci aveva aperto le porte dell'adolescenza, e ora stava scegliendo i pomodori al mercato di Campo de' Fiori. Chiedeva informazioni al bancarellaro, soppesava i tomatoes *e li guar-*

dava controluce. Tony Hadley. Al mercato di Campo de' Fiori, alla chiusura.

Ero rimasto come abbagliato dalla visione. La mia routine del venerdì era stata sconvolta dall'imprevisto, dal cigno nero, dalla debolezza che non pensavo di avere. Può sembrare impossibile, ma a far saltare la mia tranquillità forzata era stato il frontman degli Spandau Ballet.

So true
Funny how it seems
Always in time, but never in line for dreams...

Ora Hadley salutava sorridente il bancarellaro e se ne andava soddisfatto. Lo guardavo allontanarsi. In teoria avrei anche potuto riprendere il lavoro. Ancora una mezz'ora, poi avrei chiuso le pratiche per andare a casa, da Ornella. Avremmo scelto un film, oppure avremmo avuto qualche cazzo di cena.

Quel giorno però non riuscivo a concentrarmi. Mi succedeva spesso, ma in genere con uno sforzo riuscivo a rientrare in carreggiata. Non quel giorno.

Sconvolto da Tony Hadley – mi ripetevo –, assurdo.

Potevo fare una cosa sola. Mandare un messaggio a Bonetti. Chissà se aveva sempre lo stesso numero.

"Ho visto Tony Hadley."

Invio.

Due secondi, poi la risposta: "Ti batto, sto prendendo un aperitivo con Fochetti".

8.

Fuori si scatenerà la bufera. Il notaio Ranò a Rebibbia, finito dentro per una brutta storia di droga e sesso; e c'è pure di mezzo un cadavere. E che cadavere. Sarà la classica storia della Roma bene che precipita nel fango, e tutti godono quando chi sta in alto finisce a gambe all'aria.

È naturale gioire un po' quando chi pensavi stesse meglio di te rotola giù.

Al netto di Marco (forse), io non ho mai conosciuto una persona di cui potessi dire: questo è migliore degli altri, una razza a parte. E credo di poter dire che lo stesso pensiero lo abbia sempre avuto anche Bonetti. Solo che per me era una costante delusione. Per Bonetti era la conferma che se la poteva giocare con tutti.

Me lo ricordo una volta alla guida della sua Dyane gialla suonare all'impazzata a una Ferrari che non si spostava per farlo passare. Alla fine la Ferrari strinse a destra, e lui la superò.

Me lo ricordo nei campi di periferia.

Avremo avuto poco più di sedici anni. Giocavamo nel Casale Rocchi (squadra di quella che all'epoca era una rude periferia di Roma Est, ora è un delizioso borgo attorniato dai ristoranti alla moda di Pietralata) e gli avversari credo fossero una squadra di Mostacciano. Loro giocavano in casa.

Diluviava.

Le magliette da calcio di quando eravamo ragazzi non erano come quelle di oggi. Pizzicavano sulla pelle. Quando si bagnavano si inzuppavano e diventavano pesantissime. Tiravano verso terra, si allungavano fino alle ginocchia come gonnelloni, e il colletto scendeva verso lo sterno, graffiandoti il collo.

Il pallone, di cuoio vero, diventava un macigno, e il campo, in terra, si trasformava in un rettangolo di melma, sassi e buche piene d'acqua.

Le partite dei ragazzini erano allora (e sono ancora oggi) tutte finali di Champions (o sarebbe più corretto dire di Coppa dei campioni).

Quella partita più delle altre.

In casa da noi c'erano già stati problemi, avevamo vinto con un gol in sospetto fuorigioco, e i tifosi avversari ci aspettavano col dente avvelenato.

Eravamo una bella squadraccia. Io, Bonetti e un terzino eravamo gli unici studenti, gli altri erano ragazzi che già lavoravano, e alla bisogna sapevano davvero menare le mani. Io ero il libero, lo stopper era un gigante di nome Mellone che, insieme al nostro capitano Nardi, venne espulso con uno del Mostacciano intorno al quarantesimo del primo tempo. Bonetti rimaneva l'unica punta.

1 a 0 per loro, poi 1 a 1.

2 a 1 e poi 2 a 2.

Ultima mezz'ora: noi nove, loro dieci, sotto il diluvio gelido di una domenica mattina di febbraio.

Tutti noi chiusi in difesa, Bonetti, autore fino a quel momento di una doppietta, stava da solo lì davanti a raccogliere i nostri disperati rinvii. Sull'unica tribunetta impalcata all'altezza del centrocampo, i tifosi del Mostacciano si erano già scontrati un paio di volte con i nostri (erano tutti genitori o parenti di qualcuno in campo), ma sembrava stessero riuscendo a non arrivare alle mani.

Bonetti era una punta più che discreta, non un granché tecnicamente, ma lucido e velocissimo. Ovvio che in un campo del genere, e in un clima così di battaglia, si esaltasse. Lui ci godeva a lottare contro tutto e tutti.

Aveva già siglato i nostri due gol, la tribuna lo odiava e lo fischiava appena toccava palla. Fischiava, poi, è un eufemismo (*Ammerda!! T'ammazzo, mmerda!! Esci che te squartoooo!!!*).

A pochi minuti dalla fine uno dei nostri spinge per terra, in area, il loro numero 7.

Rigore per loro. Brenci, il leopardo che abbiamo in porta, battezza un angolo, si allunga alla sua sinistra e tocca il pallone con la punta delle dita, di quel tanto che basta a farlo filare via oltre il palo.

Bonetti non parla mai, per tutta la partita. Alza solo il braccio e urla "Quiii!!!" appena chiunque di noi prende palla. E chiunque di noi abbia palla cerca di lanciarlo in porta.

Scatta, corre, si crea spazi, è un'ape impazzita che sbatte sul vetro della difesa avversaria. Il suo marcatore, esasperato, gli sputa in faccia a gioco fermo. Espulso.

Nove contro nove.

Di colpo, smette di piovere.

Al novantesimo, in più che sospetto fuorigioco, Bonetti si invola in contropiede lanciato dall'ennesimo rinvio a casaccio. L'ultimo uomo avversario, preso in controtempo dalla sua fuga, lo insegue e, buttandosi a terra, cerca di falciarlo da dietro. Lui salta ed evita lo sgambetto.

Ormai va solo verso la porta.

Il loro portiere è un bestione di un metro e ottanta, con una cicatrice che gli spacca l'occhio destro perfettamente a metà. Gli si fa incontro, arrivando quasi al limite dell'area, ma Bonetti colpisce il pallone da sotto e lo alza, scavalcando il numero uno del Mostacciano con un pallonetto che si infila in gol.

La tribuna esplode. I nostri impazziscono di gioia, saltano, urlano, si gettano sulla rete metallica che delimita il campo. Qualcuno scivola nell'acqua e cade sulle gradinate. I tifosi avversari, sulle prime ammutoliti, si svegliano di botto e ringhiano, bestemmiano, minacciano l'arbitro, chiedono ai giocatori della loro squadra di fare giustizia sommaria del giudice di campo. Quelli lo circondano urlando.

Dalle tribune qualcuno, intuendo come andrà a finire, anticipa i tempi e chiama il 113.

Mentre in campo e fuori si scatena il delirio, Bonetti, zitto zitto, torna verso il portiere avversario che, fermo al suo limite dell'area, ancora si interroga sulla traiettoria che pochi secondi prima ha visto alzarsi sopra di sé e terminare in rete.

Vede tornare verso di sé Bonetti, il suo incubo, quel cazzo di ragazzetto col numero 11. Per tutta la partita il portiere ha incitato i suoi a spaccargli le gambe. Bonetti si ferma a due metri dal gigante. Alza tre dita della mano destra al livello della cintura e senza farsi vedere da nessuno gli sussurra: "Te ne ho fatti tre, coglione...". Si gira e se ne va, trotterellando come se nulla fosse.

Non gli bastava aver segnato una tripletta. Voleva chiarire che per lui la regola "rispetta quelli più grossi di te" non valeva. Voleva dire a tutti, ma in primo luogo a se stesso, che, per lui, il destino non era mai predeterminato. Puoi essere scarso tecnicamente, ma il pallonetto ti esce. Puoi essere piccolo, ma il gigante lo puoi coglionare. Era la sua forza ma anche la sua debolezza, questa insicurezza: doveva sempre sottolineare quello che era già chiaro. Era la fame, che ti fa mangiare troppo.

Riprende a diluviare.

Quello non reagisce, probabilmente gli serve un po' di tempo per realizzare che è successo davvero. Marco è già tornato nella sua metà campo quando l'energumeno comincia a correre dalla sua area urlando contro quello che trent'anni dopo diventerà il vanto della cultura italiana nel mondo.

"T'ammazzooooo!!!!"

I compagni lo placcano in tempo, Bonetti è immobile a pochi metri, guarda tutto come se non capisse cosa sta succedendo.

Io, che ho visto tutta la scena, lo agguanto e lo porto via.

Giocatori, arbitro, pubblico. Tutti pensano che il portiere abbia dato di matto per quell'ultimo gol preso. Lo riportano di peso sulla linea di porta mentre sbraita. L'arbitro, più impaurito di tutti, ne approfitta per mettere la palla a centrocampo, fischiare il calcio d'avvio e, in immediata sequenza, i tre finali per chiudere la partita.

Conquistiamo gli spogliatoi proprio mentre si scatena il finimondo. Evidentemente il portierone è riuscito a spiegarsi coi compagni. Ci barrichiamo dentro le docce, noi e i nostri tifosi.

Dopo una mezz'oretta viene a salvarci la polizia in tenuta antisommossa, che ci scorta fuori dal complesso sportivo e ci permette di ripartire verso casa.

Eravamo ragazzi.

Crescendo, i campi di confronto si moltiplicarono e si fecero di più complessa lettura, ma il carattere di Bonetti non mutò. All'università della borghesia, in mezzo agli intellettuali del cinema, tra i marpioni della critica o tra gli squali delle major americane. In trasferta Marco restava il numero uno.

Come una Dyane che non sopporta di stare dietro a un'altra macchina e la supera. Fosse anche una Ferrari.

9.

Non so neanche se i miei avevano capito bene dove andavamo.

Loro si trasferivano a Sabaudia come ogni fine giugno, e da lì sarebbero tornati a settembre. Nessun viaggio estivo, nessuna avventura. Nessuna nuova amicizia, niente di niente. Pure oggi mia madre dovrebbe essere lì, con le figlie di mio fratello. La casa di Sabaudia è tutto ciò che potevamo chiedere all'estate. Genitori amici dei genitori, figli dei genitori amici dei figli dei genitori. Tutti a mangiare il gelato in piazzetta, a recitare Porto Rotondo. Così per due-tre mesi, da qui all'eternità.

Io, che a quell'epoca avevo ancora un cervello funzionante, mi organizzai un'estate diversa. A luglio andavo in Inghilterra con Bonetti e ad agosto, con lui e la sua famiglia (e, come se non bastasse, insieme a Fochetti), sarei andato in Sardegna.

Quando glielo comunicai, i miei mi guardarono come a dire "sei davvero scemo", ma non si opposero. Fecero qualche battutaccia sulla Sardegna e sui disagi che secondo loro avrei incontrato nel viaggio e mi salutarono.

Io mi presentai la sera prima della partenza a casa di Marco. Era fine luglio. Cenai lì e dormii da loro, perché da me non c'era nessuno ed ero troppo giovane per stare solo.

Mi aprì il padre, sfolgorante in un caftano egiziano che si era comprato durante la crociera sul Nilo che avevano fatto mentre io e Marco eravamo a Londra. "Problemi?" mi chiese divertito, accennando alla propria mise. Era chiaro che non sapevo dove poggiare lo sguardo. Mi prese il borsone: "Bella pesante, eh Robe'? Immagino siano tutti libri...".

"Lo sa bene, dottor Bonetti," risposi, "che io per leggere aspetto che esca la biografia di Falcao."

"Marcoo," fece lui, "è arrivato quell'intellettuale del tuo amico!" Poi, guardandomi negli occhi: "Ma anche tu sei tornato dall'Inghilterra che parli solo romanaccio?".

Non feci in tempo a rispondere, arrivò Marco che mi trascinò nell'altra stanza. Margherita ci ronzava attorno, ma veniva allontanata tipo mosca, com'è destino delle sorelle piccole, dal nostro quartier generale in camera di Marco, dove ci dedicavamo ai tiri in porta, in uno spazio di due metri per due. A pensarci, più o meno lo spazio della cella dove stanotte abbiamo dormito in tre. Io, il ciccione e il tunisino.

"A tavola!"

La mamma di Marco, sorridente: "Scusa, Roberto, ma stasera ci arrangiamo, che domattina si parte".

Tavola rotonda: padre, madre, Margherita, io e Marco tutti seduti. Primo: pasta al pomodoro crudo (olio, pomodoro fresco tagliato a pezzi, foglie di basilico e aglio – l'ingrediente letale che mia madre aveva proibito a Tina "perché puzza"). Secondo: cotolette. Ottime, croccanti. Impanate da Margherita che amava darsi da fare in cucina. Contorno: patatine fritte. A tavola vino bianco in una brocca, acqua naturale e acqua con la frizzina in una bottiglia chiusa col tappo a macchinetta.

Intanto il tg dava una notizia terribile: un'autobomba era esplosa a Palermo e aveva ucciso un giudice, un carabiniere e un portinaio. Credo si trattasse del giudice Chinnici, ma potrei sbagliare. Venti feriti, tra cui un bambino. Ascoltavamo tutti la notizia, guardavamo le immagini e commentavamo. Il padre era rabbuiato, la madre spaventata, Marco seguiva attentamente, e io provavo per la prima volta la sensazione di condividere una paura, un interesse, un dubbio, un'emozione con una famiglia. Non era la mia, ma era sempre meglio di niente.

Poi dopo il tg arrivava la programmazione più leggera, e mentre da non so quale canale risuonava *Vamos a la playa*, io e Marco cercavamo di tornare in camera.

La madre: "Marco, adesso ti metti e sparecchi!".

Marco: "A maa'... Che palle!!".

61

Il padre: "Non rispondere così!! Cammina!".

Liti che evaporavano come pozzanghere al sole; d'altronde si parlavano, interagivano, era inevitabile che discutessero. Alla fine aiutammo tutti a sparecchiare. Mi sentivo goffo ma integrato: una specie di figlio in prestito. Uno stagista del focolare.

Poi genitori davanti alla tv, ragazzi nelle loro camere. Tutto regolare, niente di sensazionale.

Insomma, la perfezione.

La mattina dopo facemmo le valigie, chiudemmo casa e partimmo.

128 bianca targata Roma K, carica all'inverosimile. Non solo era pieno il portabagagli e c'erano valigie in ogni dove all'interno, ma sul tetto era montato anche un portapacchi. All'epoca si utilizzava una sorta di griglia in ferro, ogni anno più arrugginita, che si fissava con dei dadi sul tetto dell'auto e su cui poi venivano issati i bagagli, a loro volta assicurati alla griglia con cordoni in canapa e ganci elastici tirati allo stremo, che se ne saltava uno, addio bulbo oculare.

Sotto ai mille bauli era fissato anche un windsurf. Lo avevamo comprato usato su "Porta Portese", lo portavamo per fare i fichi, ma in realtà lo utilizzammo tutto il mese come materassino da mare. Ci sdraiavamo sopra in tre, andavamo a qualche metro dalla riva e prendevamo il sole.

I Bonetti durante il viaggio in macchina cantavano. Cantavano per far passare il tempo. Canzoni vecchie di Modugno, ma anche "Cinghiale bianco", "Caro amico ti scrivo", "Generale dietro la collina", "Nei quartieri dove il sole del buon Dio non dà i suoi raggi". Io balbettavo qualche verso, in realtà le sapevo tutte, ma ero abituato a cantarle da solo. Non vedevo l'ora che la smettessero, perché non riuscivo a lasciarmi andare. Mi sarebbe piaciuto farlo, ma non ero proprio in grado. I miei e i loro viaggi gelidi mi avevano forse definitivamente condannato a essere di un'altra razza?

Per fortuna arrivammo a Civitavecchia, dove incontrammo i Fochetti (Lino aveva passato la prima parte dell'estate a casa degli zii, vicino a Chieti). Fochetti si era portato il suo Sì, e dietro salii io, in modo da fare spazio in macchina all'amichetta di Margherita, che ci aveva raggiunto anche lei al porto.

Ci mettemmo in coda per imbarcare. I marinai passavano una rete di corda sotto le macchine, una a una, poi la chiudevano sopra all'autoveicolo, impacchettandolo. Assicuravano la rete a una catena, lanciavano un urlo e da sopra al ponte un'enorme carrucola tirava su la macchina, poggiandola sul ponte. Qui i marinai la scartavano dalla rete, che tornava giù. L'imbarco durava ore.

Poi, la fila e la ressa per avere le cabine. Noi tre in poltrona, i Bonetti senior e le ragazze in cabina. Quando io, Marco e Lino raggiungemmo il ponte per vedere la partenza, Fochetti tirò fuori le Winston, perché a luglio aveva cominciato a fumare. Ne accese una, ce la offrì ma rifiutammo, e mentre guardavamo il molo che si allontanava ci mise a conoscenza del vero evento dell'estate.

Tempo fa, ripensando a quei giorni sono andato a vedere su Google cosa succedeva intorno a noi. A giugno di quell'anno era stato arrestato Enzo Tortora. Sempre prima dell'estate era scomparsa Emanuela Orlandi. Di Chinnici l'ho detto. Ma a farmi capire quanto io, Bonetti e Fochetti apparteniamo a un'altra epoca è stato scoprire che, quando Fochetti ci fece la sua rivelazione, Borriello, Cassano, Gilardino e Kakà compivano un anno. Più o meno nel momento in cui il traghetto lasciava il molo nasceva Goran Pandev, sempre in quei giorni Laura Chiatti spegneva la sua prima candelina. La Roma aveva appena vinto lo scudetto.

E Fochetti aveva scopato. Con una diciottenne di San Vito Chietino. Primo fra tutti noi, campione indiscusso dell'estate. E a Francavilla aveva anche imparato ad andare in windsurf.

"Ma chi è?"

"Un'amica di mia cugina."

"E com'è?"

"Carina, carina."

"Come si chiama?"

"Serena."

"Serena un cazzo..."

"Età?"

"Diciotto."

"Però! S'è accontentata di nulla."

"Lo dici tu."

"E tua cugina che dice?"

"È contenta per me, ma dice che lei è una stronza, di starle lontano."

"Fochetti che scopa. Quasi un ossimoro."

"Tu che rosichi invece è normale."

"Mi sa che in Sardegna mi butto su tua sorella o sull'amica."

"C'hanno dodici anni."

"Allora su tua madre."

"Contento tu..."

"Noi arriviamo fino in Inghilterra e questo scopa a Pescara, ti rendi conto?"

"A San Vito Chietino, prego. E se mi portavate in Inghilterra facevo scopare pure voi."

"Ma falla finita. A settembre parlo con tua zia e mi faccio invitare a San Vito."

"Tu non scopi manco a Las Vegas, te lo dico io."

Dopo aver visto la partenza dal ponte, ce ne andammo a dormire.

Poche ore e i fortunati delle cabine furono svegliati dai marinai a cazzotti sulla porta. Noi in poltrona non avevamo chiuso occhio.

Sbarcammo, con la solita lunga attesa per la macchina, poi io e Fochetti in motorino, gli altri ammucchiati nella 128. Respirammo forte l'odore di alba e mirto.

La grande estate continuava.

La lista della spesa

Nesquik e Sprint (al cacao magro, o malto e orzo) si giocavano la colazione. Daniela Goggi pubblicizzava le Big Babol. Mago G (Chiudi gli occhi, apri la bocca – Wordy Rappinghood), il Tegolino, il Kinder Brioss, il Raider, la Girella (la morale è sempre quella), gli Hurrà Saiwa (io non ho mai provato Hurrà). O le Crostatine alla nocciola.

La bibita era Billy, al succo d'arancia, e si poteva scegliere tra Biancorì e Ciocorì (roditrice e roditore, in barca o in bici, non ricordo). Il ketchup era il Mato Mato, il gelato era il Twister (panna e cioccolato, a forma di spirale), poi era uscito il Blob (una specie di supercornetto a palla, ricoperto di cioccolato), le Bomboniere al cinema. Poi arrivò il Calippo, e quel ghiacciolo morbido a forma di pantera rosa, una vera merda. Fiordifragola, Lemonissimo e Magic Cola. Il Piedone.

Lo Spuntì. Alla carne, al tonno, al salmone. Da' un taglio nuovo al tuo panino.

Più tardi sarebbero arrivate le cene, e a quelle ci si presentava con il Mateus, o con il Lancers perché con la bottiglia in coccio fai bella figura e sembra che hai speso tanto.

Cocktail di gamberi, flan di spinaci con salsa al parmigiano. Tagliatelle panna, speck e piselli. Penne alla vodka, risotto allo champagne, filetto al pepe verde, o al pepe rosa. Scaloppine ai funghi, insalata nizzarda, carpaccio rucola e grana.

Profiterole e panna cotta.

Il conto, per favore.

O famo 'r vento?

10.

Avrò avuto sedici anni quando mi misi con una tale Sara, una ragazza della Bufalotta con una svastica tatuata sulla caviglia, che girava armata di coltello. Chissà che fine ha fatto, e soprattutto se si è fatta togliere il tatuaggio. Decisamente non le rendeva giustizia. L'avevo conosciuta a una festa ai Prati Fiscali. Dopo un paio di settimane le avevo dato appuntamento al Pincio per lasciarla. Accertatomi che non avesse con sé la lama, cominciai: "Sara, ci ho pensato. Non sono pronto per avere una storia impegnativa".

"Ah, immaginavo. Ti avevo sentito freddo al telefono."

"Sai, Sara, con te sto benissimo, ma mi sono appena lasciato con una ragazza con cui stavo da più di un anno, e non mi sento pronto..."

"Lascia perdere," mi disse lei, "diventi ancora più squallido. Cosa ne sai di cosa stai perdendo? Stai rovinando qualcosa che poteva diventare un'esperienza importante, o anche solo eccitante. Se solo non avessi avuto paura che quei quattro cafoni con cui vai in giro ti prendessero per il culo perché hai *la donna fissa*. Per me è un momento comunque positivo, perché capisco che stavo con un cretino. Per te anche può esserlo, perché magari capisci che mangiare, bere e dire idiozie non è la strada per il paradiso."

A parte il fatto che ci infilò pure una citazione da *Animal House*, pensai che avevo rotto con Laura Morante, non con una teppista della Bufalotta.

Il colmo per un notaio: chiedersi che fine ha fatto la sua ex fidanzata dal probabile futuro criminale proprio dopo aver passato, lui, la notte dietro le sbarre, come in un western. O "al gabbio", come dicono in *Romanzo criminale*, lo sceneggiato sulla banda della Magliana. Ironia della sorte. Da anni sostengo che la nostra formazione lambiva i codici, il linguaggio e i valori rappresentati da quella fiction. Non certo perché fossimo criminali o ci ispirassimo a essi; ma quello spirito amaro e sarcastico, quella legge del branco, quell'individualismo di fondo e la strafottenza nei confronti delle regole e della misura... quel malinteso senso dell'onore e del coraggio... l'allergia per ogni forma di gentilezza e persino di eleganza... In qualcosa ricordavamo Libano e gli altri.

Da ragazzini frequentavamo le bische del quartiere, per sentirci più grandi. Ma non è questo il punto. Era il gruppone che si formò a scuola negli ultimi tempi ad avere la struttura della banda della Magliana: diverse batterie, autonome, che interagivano e si coordinavano in un'unica struttura. Queste "batterie" di ragazzetti, questi microgruppi ognuno diverso dall'altro per cultura, ispirazione ed estrazione sociale, iniziarono a frequentarsi assiduamente vedendosi sotto scuola negli ultimi mesi prima della maturità. Una sorta di federazione tra differenze – dicevo all'epoca –, una banda di gruppi autonomi senza capi, un collage multiforme di soggettività, culture, esperienze e convinzioni politiche, valori ed etichette, vestiti, linguaggi e mode. Ognuno con un mondo di regole in testa, tutte messe in comune per qualche tempo, senza che nessuno disturbasse l'altro, o entrasse nel merito delle sue scelte.

Lo schema base dell'inciucio. Ti credo che a sostenerlo sono spesso i quarantenni.

Io tenevo una specie di mappa sociale della scuola.

C'erano quelli della G (vagamente fascisti, ma dediti più che altro a tampinare le ragazze); quelli della D (di sinistra, ironici e un po' saccenti, naturalmente portati allo sballo); quelli della B (pazzi anarchici, appassionati di rock e pogo); quelli della A (narcisi, vagamente influenzati da teorie orientali e da non so quali vaghi racconti di letture fatte da altri); e poi c'eravamo noi della N, soggetti indefinibili, provenienti per lo più da zone popolari, difficilmente catalogabili dal punto di vista politico, ma a modo nostro brillanti e carismatici. Spugne che assorbivano scanzonate usanze e tic di qualunque gruppo cui si accostassero, salvo distruggere in breve tempo con il sarcasmo ogni valore cui il gruppo si ispirava.

Devo dire che il nostro ingresso nel liceo storico di Roma, al Salario, fucina negli anni di intellettuali di sinistra e nell'ultimo decennio palestra di fascinosissimi extraparlamentari, non passò inosservato. Ero orgoglioso del mio gruppo, dei miei amici. Eravamo di certo un modello nuovo. Gente del popolo che non aveva senso di sudditanza nei confronti di nessuno (noi Ranò eravamo arricchiti, ma sempre dalla strada venivamo). Gente che non accettava, solo perché proveniente dal popolo, di essere catalogata a destra o a sinistra. Che si conquistò l'etichetta di gruppo anarchico solo perché in qualche modo bisognava classificarli.

Con Bonetti, Fochetti e Gallo passavamo intere serate a ridere dei figli dell'intellighenzia che lasciavano le loro belle case del Pinciano per venire a prenderci dalle parti della Tangenziale. Arrivavano con lo sguardo perso di chi si sta avventurando in lande che sarebbe meglio non frequentare, ma a differenza dei coetanei di destra non avevano la libertà di prenderci in giro. A loro toccava anche rispettarci, e questo li metteva in imbarazzo.

Ce n'era uno che ci stava particolarmente sul cazzo: Lele Forgetta, di un anno più piccolo di noi, figlio di un intellettuale rifugiato a Parigi, che sarebbe un po' come dire figlio di un eroe nazionale per una parte del mondo con cui avevamo a che fare. Credo che in realtà il padre fosse semplicemente un giornalista troppo vicino a una di quelle tante sigle degli extraparlamentari anni settanta.

Qualsiasi cosa succedesse, Lele mostrava di averla già digerita. Qualsiasi cosa facessimo, per Lele era prova di superficialità. Qualsiasi musica ascoltassimo, era una musica di massa. Qualsiasi libro leggessimo, Lele lo aveva letto e scartato. Qualsiasi evento ci eccitasse, Lele lo archiviava con un sorrisetto.

Insomma, Lele era veramente uno stronzo.

Viveva con la mamma (pittrice) e con i nonni, lui grecista di fama e lei archeologa di altrettanta fama, in una villetta all'Aventino cui mancava solo il fossato intorno coi coccodrilli e il ponte levatoio. Una sera passammo a prenderlo non so per quale motivo.

Per suonare il campanello si tirava una corda di velluto che terminava con un ponpon.

Din don!

Ci aprì il maggiordomo in livrea. Buonasera, siamo amici di Lele.

Signor Lele, i suoi amici.

E uscì il ragazzino dalla sua stanza. Perché a pensarci ora, poveretto, era solo un ragazzino. Ma quanto ci stava sul cazzo.

La gente non è mai quello che sembra. Ma quello che sembra (o che ha deciso di sembrare) ti aiuta a capire con chi hai a che fare.

Credo fossimo al ginnasio (era ancora il tempo del Pellacchia) quando scoprii che Nino Loiero, un nostro ex compagno di classe, aveva degli amici che pattinavano al parco del Pincio, dentro Villa Borghese. Il sabato pomeriggio si vedevano nei pressi di una panchina e pattinavano. Tutto qua.

Né io né Bonetti sapevamo pattinare, ma un posto dove andare il sabato pomeriggio era un tesoro. Suggerii di provare.

Ci sedevamo sulla panchina e aspettavamo. Il tempo passava, e si tornava a casa.

Che avete fatto?

Siamo stati al Pincio.

Suonava bene, ed era pur sempre una risposta da dare. Altri nelle nostre condizioni avrebbero detto: *siamo stati a casa*, compromettendo la propria immagine pubblica per gli anni a venire. Noi avevamo trovato il modo di non farlo.

Siccome il problema di avere un posto dove andare non era un problema solo nostro (c'era un periodo in cui Spadacci e Fochetti salivano in autobus e si facevano da capolinea a capolinea – e ritorno – pur di passare il pomeriggio), con il tempo sulla panchina del Pincio si sedettero sempre più persone. Arrivò addirittura qualche ragazza, e questo trasformò ufficialmente un gruppo di sfigati in una vera e propria comitiva.

Cosa fa di un gruppo una comitiva? Una comitiva è tale se dispone di ragazze dispari, cari miei. Mi spiego meglio: le fidanzate non valgono per trasformare un gruppo in una comitiva. Quello che segna la differenza è la possibilità di rimorchiare al proprio interno, quindi la presenza di maschi single (e a quell'età non è mai stato un problema) e di femmine single. È ovvio, anche se il gruppo è composto di coppie ci si può lasciare e mettersi con i resti di coppie sfasciate, ma la promiscuità interna tra coppie è sempre un brutto segnale per una comitiva, perché è come quando i nobili iniziano a sposarsi tra di loro.

Si indebolisce la specie.

Arrivate le ragazze (dispari), scomparvero i pattini, di cui in realtà a nessuno fregava nulla. Iniziarono le prime feste, i pomeriggi del giovedì al Piper (dove volendo si potevano portare ancora quei cazzo di pattini), addirittura il primo Capodanno a casa di qualcuno che non fosse un amico di mamma e papà.

C'era un problema però: una comitiva che funziona attira necessariamente altre persone, e quando il punto di raccolta è nel centro del più importante parco di Roma, è difficile controllare gli ingressi e selezionare gli aderenti.

Piano piano si riversarono sulla panchina del Pincio ceffi di ogni risma. Maurizio Diaz e Jimmy il Lucano, uno poliziotto, l'altro bandito, iniziarono a catalizzare l'attenzione dei presenti mostrando trionfanti alla folla la pistola d'ordinanza il primo, l'ultimo motorino rubato il secondo.

Tra le mani giravano non più le ingenue cannette, quanto piuttosto bustine di coca o pasticche di anfetamine. Diaz, il Lucano o Gianni il Coccio (chiamato così perché uso a rompere il collo di una bottiglietta da minibar per poi utilizzarla come capientissima pipa da hashish, dal nome tecnico appunto di *coccio*) non erano modelli cui potevamo riservare il nostro favore.

Mi trovai costretto a ricordare agli altri che – sarò stato un po' ansioso – passare dai pattini alla pistola era troppo.

L'esperienza del Pincio, in evidente stadio terminale, dava però a tutti noi una forza contrattuale immensa a scuola. Venivamo da un gruppo (pensa un po') in cui giravano le pistole, e l'idea che qualcuno di noi potesse rivolgersi al Lucano o a Diaz in caso di problemi bastava a regalarci carisma.

In realtà il Lucano, Diaz, Coccio e gli altri delinquenti non ci conoscevano neanche, perché ne stavamo piuttosto alla larga, mischiandoci tra la grande folla che ormai circondava la nostra panchina.

Come ogni buco nero che si rispetti, però, Diaz e il Lucano sapevano attirare il pulviscolo. Una volta fu Bonetti a fare il passo e si infiltrò nel semicerchio di farabutti e ragazzette che si era formato intorno a Diaz. La scena che ne seguì è una versione più violenta di *Tapparelle*, quando Elio si presenta ai grandi e questi gli ruttano in faccia.

Bonetti, cacchio cacchio, prova per qualche istante a unirsi al cerchio di eletti che ascoltano i racconti di Diaz. Lo fa per respirare l'aria della gente che conta. Quest'ultima però annusa subito l'odore della vittima; Diaz interrompe il racconto e da dietro la cintura tira fuori la mitica pistola. La punta sulla fronte di Bonetti e gli fa: "Cosa hai sentito di quello che ho detto?". Bonetti capisce che lo stanno mettendo in mezzo, ma ha pur sempre una pistola puntata alla fronte. Tenta di ridere e scherzando (tremulo) risponde: "Niente, niente!".

Diaz urla: "CO-SA-HAI-SEN-TI-TO!!!!!".

Bonetti, le labbra ormai serrate in una smorfia tetanica, ribadisce (con voce strozzata): "Niente...".

Fortunatamente Diaz si mette a ridere, abbassa l'arma e tutti gli altri (rassicurati) ridono con lui.

Bonetti non fa in tempo a rilassarsi che quello ritira su la pistola, gliela punta questa volta alla tempia e, facendo prima scattare la sicura, preme il grilletto.

"Stai tranquillo," gli fa, premendolo inutilmente un altro paio di volte, "vedi? Non spara!"

E ride: "Ah ah ah ah ah!!!". E tutti ridono. "Ah ah ah ah ah!!!" (*Fantastico zimbello, io.*)

Un'altra volta era toccata a Fochetti, col Lucano. Ma non era colpa sua. Semplicemente non si era accorto che il Lucano gli era finito seduto vicino sulla panchina. Lino aveva sentito una pressione sul fianco sinistro e si era girato. Il Lucano aveva in mano un coltello e glielo stava puntando contro. Jimmy il Lucano era un barattolo di un metro e sessanta per un metro e sessanta. Capelli neri, sguardo triste e cattivo, ricordava incredibilmente Diego Armando Maradona coi capelli corti (quello che, fuori di sé, urla alla telecamera dopo il gol nel Mondiale del '94).

Fochetti, dicevo, si girò e si trovò il volto del Lucano a pochi centimetri. Direi tre, quattro centimetri. Alitandogli puzza di cadavere e alcol sul naso, il Lucano sibilò: *"Dammuupiuminu"*, che tradotto dal suo personalissimo dialetto significava "Dammi il piumino". Eravamo in tanti intorno a loro mentre andava in scena il furto, ma nessuno si accorse di niente. Fortunatamente, perché se no magari qualcuno avrebbe anche pensato di intervenire, e sarebbe finita in tragedia.

Fochetti, zitto zitto, si tolse il Ciesse e glielo consegnò. Noi ci accorgemmo del furto solo più tardi, vedendolo ritornare a casa in camicia. In motorino, a gennaio. Sotto la pioggia. (*What a filthy job! – Could be worse. – How? – Could be raining.*)

Eppure, al netto di questi spiacevolissimi (ma sconosciuti ai più) episodi, ora avevamo i galloni per unirci agli altri gruppetti esistenti a scuola. Non eravamo più cani sciolti, ma provenivamo da un gruppo potente, una comitiva di cui si parlava parecchio a Roma Salario.

Stavamo al Pincio.

Pornography

Vede, dottoressa, mi scusi se le rubo qualche minuto prima di proseguire, ma le voglio spiegare la faccenda di Tony Hadley. La musica era davvero importante per noi.

Alle medie ascoltavamo quello che ascoltavano tutti, magari capivamo che qualche differenza tra Umberto Tozzi e i Dire Straits c'era, ma nulla ci portava a snobbare il primo e a idolatrare i secondi.

Al liceo invece le amicizie ci portarono a scoprire prima gli Spandau Ballet, poi i Duran Duran, poi gli Smiths. In realtà ascoltavamo di tutto, in maniera piuttosto disordinata. Ci piacevano anche gli Wham, i Tears for Fears, Bob Marley. Scoprimmo in ritardo David Bowie, i Talking Heads, Peter Gabriel, ma li scoprimmo.

Arrivarono gli Ultravox, John Foxx, i Violent Femmes. Le cassette dei Talk Talk, dei primissimi U2, dei Soft Cell, dei Cult, dei Roxy Music, di Billy Idol.

Soprattutto amavamo il dark. Echo and the Bunnymen (The Killing Moon). Siouxsie. Bauhaus, Joy Division. The Cure.

The Cure, Pornography. Il migliore lp di tutti i tempi. Le prime parole: It doesn't matter if we all die... Finisce con Robert Smith che urla il suo allucinato I must fight this sickness, find a cure. Devo combattere questa malattia, trovare una cura.

Sa, dottoressa, la dark wave era un fronte culturale, un movimento di pensiero, sicuramente una corrente musicale che più o meno diceva: il rock ha manifestato la voglia di ribellione di una generazione, poi è arrivato il punk. Il punk è stato l'anarchia, l'impossibilità di omologarsi; l'ammissione di una sconfitta, se vogliamo, da parte di chi voleva sovvertire il sistema. Dopo, diceva il dark, è stato il buio: attenzione però, è il buio degli eletti, il buio di chi è cieco perché è rimasto abbagliato dalla troppa luce, dai troppi colori. (Se le capita, confronti il testo di Killing an Arab con Lo straniero di Camus.)

Ora noi la vedevamo così: potevamo scegliere se immolarci al buio che ci aveva consegnato la generazione precedente, oppure combattere la malattia, e trovare una cura.

Poi è andata come è andata. E questo è il punto. Bonetti ha sconfitto la malattia, io l'ho chiamata salute.

11.

Davide Navarra è pazzo. Quando ci hanno portato sul cellulare mi ha detto: "Ranò, approfittane. Quando sei dentro cerca di capire qual è la tua precisa identità sessuale!". E io ho pure riso, mentre il mondo mi crollava addosso. D'altronde in quel *precisa* c'è tutta la sua genialità. Non mi ha sibilato, mentre scattavano le manette: "Cerca di capire qual è la tua identità sessuale", ma "Cerca di capire qual è la tua *precisa* identità sessuale". Come se un'idea di massima io ce la potessi avere, ma servisse ancora mettere a punto degli scabrosissimi dettagli. Navarra è un genio del cazzo, c'è poco da dire.

Davide Navarra nasce dalle nebbie della nostra adolescenza. Come una figura mitologica, di lui si è sempre saputo ben poco. Se fosse nato qualche anno più tardi sarebbe stato un eccellente ricettacolo di teorie new age, ma negli anni ottanta era un prototipo anomalo. Nipote di senatore, figlio di chirurgo, sperimentava droghe di ogni tipo e natura, rimorchiava tantissimo e si professava seguace di Evola e Mao (che naturalmente non aveva letto), salvo dare il suo primo voto ai radicali.

La colpa di questo casino è tutta sua. Quasi cinquant'anni, e ancora se ne va in giro a cercare il fumo.

A Bonetti dava fastidio chi si atteggiava per gli spinelli, e quindi, perché fosse chiaro che a rollare una canna non ci voleva niente, aveva imparato a farlo.

Noi due sperimentammo la prima canna ancor prima di tirare il fumo di una sigaretta. Ce l'aveva passata Claudia Palazzi, e a lei non potevamo certo dire che non avevamo mai fumato.

Nello scompartimento del *Palatino* che portava diverse seconde liceo (il quarto anno) a Parigi ci eravamo trovati io, Bonetti e Fochetti con Claudia Palazzi, Francesca Menichella e Morena Falcone: l'intera gamma del fascino femminile era chiusa in treno con noi quella notte e aveva una canna in mano. Claudia Palazzi era bellissima. La più bella di tutte. Alta e snella, occhi blu notte, pelle ambrata, capelli neri rasati sulla nuca con un boccolone davanti e un lungo ciuffo ossigenato che le cadeva sulla guancia, come usavano a quei tempi le star della new wave inglese. Andava molto bene a scuola, era intelligente e matura, aveva una sorella più grande (anche lei bellissima) che la veniva a prendere in macchina il sabato. A scuola non faceva parte di nessun gruppo, forse solo Paoletta era stata a casa sua, dalle parti di piazza Verbano; era gentile e socievole con tutti, ma anche quando si divertiva sul suo volto si posava un velo di malinconia. E si metteva le cuffiette. Con gli Smiths.

Hand in glove
The sun shines out of our behinds
No, it's not like any other love
This one is different – because it's us...

Mentre il treno ci portava verso il confine sul Monte Bianco, Palazzi rollava uno spinello.

La mente umana è fatta così: succede una cosa? Tu pensi a quello che succederà subito dopo. Mentre Palazzi rollava e parlava, nessuno ascoltava il suo racconto, perché nella mente mia, di Bonetti e di Fochetti subito appariva chiaro che a breve avremmo dovuto decidere se drogarci o no. Non era più il momento di bluffare, era il momento di agire. Non bastava più dare per scontato che ci facevamo le canne anche se non ce le facevamo, era il momento di portarsi l'hashish alla bocca.

Sembra una fesseria, con gli occhi di adesso, ma all'epoca decisamente non lo era. La prima canna rompe con il mondo che la precede, non è uno scherzo.

Palazzi rollava, e intanto raccontava l'insolito ma avvincente episodio che aveva come protagonisti due innamorati di scuola.

"Conoscete Paolo Gagliardi e Simonetta Donati?"

"Chi, il Folletto?" domandò Francesca Menichella. Menichella era in possesso di due bombe che avevano mandato ai matti l'intero istituto. Era una dark, aveva gli occhi celesti, la pelle bianchissima e i capelli neri. Lo sguardo elettrico filtrava dal mascara, portava i jeans neri e la cinta con le borchie, gli anfibi militari e aveva un serpente tatuato sul polso. I suoi modi e il suo portamento tradivano la provenienza da una famiglia perbene, e questo la rendeva ancora più fascinosa, perché tutti si chiedevano cosa potesse averla fatta deragliare. Era figlia di una sindacalista e di un qualche giornalista importante, viveva dalle parti di Porta Pinciana. Era fidanzata con una specie di ubriacone che si trascinava da millenni nei corridoi dell'istituto, avendo ripetuto un paio di volte ogni anno scolastico. Di età imprecisata, l'orco requisiva Francesca a ogni ricreazione, privandola delle giuste attenzioni che qualsiasi alunno dell'istituto avrebbe voluto riservarle. Francesca a dir la verità, al netto del barbone, era anche lei un orco asociale. Ma se decideva di dare confidenza (e quella notte eravamo noi gli eletti), era estremamente spiritosa e brillante.

"Perché *Folletto*?" feci io, che intanto cercavo di incrociare lo sguardo di Bonetti per chiedergli per via telepatica: "E mo'? Che si fa? Fumiamo?".

Bonetti (che sapeva benissimo a cosa stavo pensando, e sapeva che io sapevo quale sarebbe stata la sua risposta) non mi guardava e fingeva di seguire con attenzione il discorso di Palazzi.

"Folletto è il soprannome che si è data lei stessa," rispose Menichella sciogliendo il fumo sul palmo della mano. "Perché, dice, *fa di tutto* come il Folletto della Vorwerk."

Ah. Si parlava di aspirapolveri, non di protagonisti delle saghe irlandesi.

"Insomma," riprese Palazzi, mentre io smettevo di cercare conferme, mi arrendevo al fato e mi accasciavo sul sedile come a dire *succeda quel che deve succedere*, "Donati, prima di fidanzarsi con Gagliardi, aveva provato a irretire il professore di religione, don Remigio."

Don Remigio, sia detto tra parentesi, era un gesuita molto colto e raffinato, ma non così tanto da approfittare dei servizi del Folletto. "Sembra infatti che il buon Remigio," continuò Palazzi mettendo su un tono da racconto epico attorno al fuoco che mi ricordava me stesso nei miei momenti di vena affabulatoria, "impaurito dalle avance invero piuttosto esplicite della fanciulla, avesse cercato asilo l'anno scorso dalla preside. La vile signora, terrorizzata dalle possibili conseguenze, lo invitò dunque a prendersi un paio di mesi di malattia. E, narra la leggenda, fu durante la sua assenza che Donati, frivola e infedele, lo dimenticò per fidanzarsi con Gagliardi, al quale trovò comunque il coraggio di raccontare del suo amore rifiutato. Be', Gagliardi è un vero cavaliere: decise di vendicare la delusione della sua bella. E a don Remigio, che dopo otto settimane, ma ancora terrorizzato, rimetteva piede in sala professori, sapete che gli ha fatto?"

"Gli ha menato?" buttò là Lino, rompendo l'incantesimo con sonoro pragmatismo.

"Noooo!" fecero in coro Palazzi e Menichella.

"Lo ha ricattato?" disse Bonetti tanto per far vedere che seguiva il discorso, ma sapevo che era nervoso quanto me.

"Nooooooo," prese la parola Morena Falcone, incapace di reggere la suspense. "Gli ha fatto trovare un vero, personalissimo, originalissimo stronzo chiuso nell'armadietto del registro!"

Morena Falcone veniva da un altro mondo. Bella e ricca, amici *di destra vera* alla Balduina, era una tipa da battaglia. Aveva un anno in più perché era stata bocciata in quarta ginnasio, era emancipata e sarcastica. Guidava una Honda 125 cbx bianca. Fidanzata con un parà mezzo olandese, si concedeva alle vicende della sua (e nostra) scuola come Socrates agli schemi della Fiorentina: si esibiva ogni tanto in un illuminante colpo di tacco ma restava con la testa in Brasile.

Bastava però la sua presenza in campo per far sognare la curva.

"Cioè... Gli ha cacato nell'armadietto?" domandò Lino, incredulo.

80

"Sì!"

"Ma è a un metro e mezzo da terra!"

"L'amore mette le ali!" concluse Menichella.

Applauso. "Hurrà per Lancillotto Gagliardi, e hurrà per il Folletto!" gridò Palazzi, levando in alto la canna come se fosse un calice di champagne.

Francesca Menichella la accese mentre noi tutti applaudivamo al cavaliere della tavoletta rotonda, e tossì il primo fumo passando lo spinello a Morena. Qualche secondo e con un gesto semplice, che dava per scontate un sacco di cose che scontate non erano, Palazzi lo passò a me. Io e Bonetti eravamo compagni dalle elementari. Mi trovavo quindi nello scomodo ruolo di chi conosceva le nostre origini (quelle da cui Bonetti voleva emanciparsi) senza essere ancora in grado di abbandonarle, non avendo io la velocità e la flessibilità del futuro premio Oscar. A me cambiare costava fatica. Lui era attirato dall'entropia, io ne ero spaventato a morte. Mi ero convinto di poter essere una vera e pesante zavorra, e quindi cercavo affannosamente di stare appresso alle sue evoluzioni. Almeno lui sapeva dove andare.

Quella notte, sul *Palatino*, Bonetti sentiva l'odore del sangue. In quello scompartimento o si cresceva o si restava al palo. E crescere, in quell'occasione, voleva dire farsi una canna. E anche se non mi guardava, e anche se non avevamo parlato, io sapevo cosa stava pensando. Incrociava le dita e pensava: "Che fai, dici di no?, dici *Scusami ma non ho mai fumato neanche una sigaretta?* Non far cazzate, Robe'!!!".

Dici sì, ovvio, fai finta che chissà quante ne hai viste e te la fumi, che poi che sarà mai 'sta canna. E allora presi la canna e tirai.

Il problema era che mi trovavo esposto senza aver concordato prima, con Bonetti e (soprattutto) con l'imprevedibile Fochetti, una strategia. Se ora solo uno di noi tre (Fochetti) fosse stato così sprovveduto da lasciar trapelare la verità, il mio atto di coraggio si sarebbe tramutato in pochi secondi in una mitologica figura di merda.

Fochetti, invece, prese la canna e fumò, anche lui senza battere ciglio. Il miracolo delle serate perfette.

Quella notte facemmo un figurone.

Oddio, questione di punti di vista. Magari le ragazze (che non sapendo nulla di tutti i nostri rovelli interiori non videro leoni all'opera quella sera) erano anche disponibili a giudicarci su altri terreni. Ma tutti presi a mostrarci uomini di mondo, non ci spendemmo su campi che non fossero la conquista della nostra emancipazione.

Francamente a me di fumare una canna non fregava un granché, e poco importava di sicuro a Fochetti, che avrebbe di gran lunga preferito riuscire a farsi fare un pompino. Eppure uscendo da quello scompartimento pieno di fumo ci sentimmo migliori, vittoriosi, più grandi.

L'obiettivo di Bonetti era diventato l'obiettivo di tutti noi. Senza che ci dovessimo dire una parola.

Programma della serata

Il bowling, i giri al Corso a fare "piottaggio", cioè a raccogliere soldi, moneta da cento su moneta da cento (la piotta, appunto). Pacman e i marzianetti. *Drive in.* Zuzzurro e Gaspare, Tinì Cansino. Arbore e *Quelli della notte, Indietro tutta.* Fantozzi (Bonetti ne aveva registrato l'audio con un registratorino, e a ricreazione o al cambio ora lo faceva riascoltare a tutti). L'aerobica in tv. *Il pranzo è servito. La ruota della fortuna.* Supertelegattone. Bob Geldof, il Live Aid. *Do they know it's Xmas?, We are the World, Born in the Usa,* Tina Turner che chissà quanti anni aveva già, la morte di Bob Marley, Madonna in tv che apre il concerto di Torino ("Ciao Italia! Ciao Torino! Siete pronti? Bene, ànchio! Siete già caldi? Bene, ànchio!"), le clip di videomusic con quei due tipi assurdi che le presentavano (Rick and Clive, il Ciocco – Castelvecchio Pascoli).

I film di Schwarzenegger e Stallone, *Una poltrona per due, L'aereo più pazzo del mondo, Blade Runner, Guerre stellari, Et, Indiana Jones, Fuga da New York, Ritorno al futuro, Alien, Terminator, Predator, La Mosca* (quando si toglie le unghie davanti allo specchio), *Highlander, Gremlins, Goonies, Karate Kid* (Dai la cera – togli la cera), *Neverending Story* (Fantàsia, il Nulla, Limahl), *Ladyhawke, Poltergeist, Nightmare, Vacanze di Natale, Vacanze in America, Yuppies 1* e *2, Febbre da cavallo* (in tv, con chissà quanti di quelli che ho citato), *Arrivano i dollari, Ho vinto la lotteria di Capodanno, Rimini Rimini* e *Pappa e Ciccia, Noi uomini duri.*

Amore tossico.
E mettice pure du' violini...

12.

Com'è il titolo che mi suggeriva Quirrot per l'autobiografia che volevo scrivere da ragazzo? *Io e il coglione che sono*. Ecco, bravo Quirrot. Bel titolo. Mentre rendo la mia confessione, devo trattenere una smorfia di dolore. Il mal di stomaco mi attanaglia. L'alcol, il caldo, la puzza della cella, la tensione di questa notte; ancora qua davanti al magistrato non digerisco la pasta al tonno che ci ha fatto Navarra. (*Ti si ripropongono? Li rivedi?*) Chissà cosa sta pensando Ornella. Ieri ha insistito perché raggiungessi i miei vecchi amici, ma mai avrebbe pensato a questo epilogo.

Come dice John Goodman in *Una notte da leoni 3* mentre spara al cinesino folle chiuso nel bagagliaio dell'auto rubata: "Con la follia non ci discuti. Bene che ti va la chiudi nel bagagliaio della macchina". Io l'ho fatta uscire dopo averla tenuta chiusa per ventisette anni.

Che coglione che sono.

Cinque imbecilli nei guai a quasi cinquant'anni dopo che ce l'eravamo cavata sempre. E cavata per cosette, credetemi. Mi piacerebbe parlarvi di scontri con i fascisti o di atti di resistenza civile per la libertà del Cile, ma ve l'ho già detto, quei ricordi non ce li ho. La politica per noi era piuttosto semplice, ed essenziale.

Quando a vent'anni vedi dei poveri cristi prendere a picconate un Muro per passare da dove si sta male a dove si sta bene, cosa c'è da aggiungere?

Me le ricordo le occupazioni di scuola dell'epoca nostra. Fu lì, proprio alla prima di tutte, che io e Bonetti conoscemmo Quirrot e Navarra. Saremo stati in quinta ginnasio, forse addirittura in quarta, e la rivolta studentesca all'interno del nostro istituto fu scatenata dall'ennesimo guasto alle tubature. Era gennaio, e faceva freddo. I termosifoni servivano.

Quando quelli di terza liceo ne approfittarono per proiettare un documentario su non so quale dittatura in non so quale area del Centro America l'aula magna si svuotò in un lampo.

"Ma che si fa in un'occupazione?" chiesi a Quirrot, che in quanto demoproletario in erba aveva i capelli spettinatissimi e la maglietta di Che Guevara.

"Essenzialmente casino," mi rispose.

"Se ci riesci scopa," aggiunse Navarra, "se sai giocare, gioca a pallone, altrimenti fatti le canne." E noi a pallone eravamo forti davvero.

Mia figlia dice che ora non è così, o almeno non per lei. Gli studenti organizzano anche corsi, o conferenze. Che poi, in realtà, ai problemi riguardanti il termosifone si aggiunsero anche per noi altre istanze, e lo sciopero degli studenti mirò ben presto alle dimissioni della Falcucci, ministra democristiana che non mi pare avesse particolari colpe se non quelle di essere ministra e democristiana. Ai nostri occhi comunque la mobilitazione era più che altro un'occasione per non entrare a scuola. Fare sega, appena entrati al liceo, significava andare a giocare a pallone a Villa Borghese, quando eravamo un po' cresciuti andare al Pincio a rimorchiare, da maturandi andare al mare, a Ostia, con le ragazze e i motorini.

La lista che nell'85 stravinse le elezioni per il consiglio d'istituto aveva come motto "La pietra che rotola non raccoglie mai sugo", sottotitolo "Ognuno con la farina sua ci fa gli gnocchi che gli pare", e l'apice dello scontro ideologico si raggiunse in una partita di calcetto Destra contro Sinistra, con noi "Anarchici" ospiti stranieri in entrambe le squadre.

Il fatto politico più importante di quegli anni (prima della caduta del Muro di Berlino, intendo, e anche prima di Tienanmen, fatti che restarono ovviamente ben scolpiti nella nostra mente, ma che avvennero quando già frequentavamo l'università) fu probabilmente il bombardamento della Libia deciso da Ronald Reagan. Quella notte eravamo a una festa a casa di Davide Navarra, e i due ricordi (nel migliore dei casi) si fondono. Tanto per dire l'ordine delle priorità: Bonetti rimorchiò Morena Falcone.

Il giorno dopo ci fu un'assemblea cui alcuni degli invitati alla festa si presentarono con le bandiere a stelle e strisce, intonando l'inno americano. Li fischiammo, sì, ma soprattutto li sommergemmo di risate e goliardici cartoccetti di carta.

"A te la politica interessa?" mi chiese un Bonetti sedicenne in aula magna mentre Vladimiro Ranucci (un minicapo che si allenava ad aizzare le minifolle in vista di future e più impegnative prove) enunciava le ragioni della protesta.

"Un po'," gli risposi, "anche se mi piace di più la filosofia. E pure i libri mi piacciono di più."

"Pure a me," disse Bonetti. "Mi attira, ma mi piace di più la vita reale. Voglio dire: la politica ci sta, ma fa da sfondo."

Fochetti viveva con noi l'occupazione ed era seduto al mio fianco. Si guardava in giro annoiato. Un po' ascoltava Ranucci, un po' tratteggiava formazioni e schemi di gioco della Roma su un bloc notes.

All'età in cui io e Bonetti ci districavamo tra feste in cui imbucarsi e concerti per cui comprare il fumo, molti dei nostri fratelli maggiori erano già scesi in strada per scontrarsi. Nel nostro liceo, un decennio prima di noi, si tiravano fuori le pistole in corridoio. Mi sono convinto che in quegli anni vivevamo in una sorta di "zona franca", o di area di decantazione, tra l'adolescenza e la maturità, un'area che alle generazioni che ci avevano preceduto non era stata concessa.

Noi abbiamo avuto più tempo per maturare.

Mentre il minicapo pretendeva coerenza (e quindi azione) dalla giovane (e sparuta) platea, Bonetti continuava il suo interrogatorio.

"E la coerenza, per te, è un valore?"

"Bella domanda!" fece Fochetti, mimando una sega.

"Dipende," gli risposi dopo averci pensato un po'. "Dipende a che cosa. Se sei coerente a una cazzata non mi sembra che fai un bell'affare."

"...e allora dobbiamo andare dritti! Dritti verso il nostro obiettivo!!" urlava intanto Ranucci.

"Io cambio spesso idea," continuava Marco. "Velocemente e radicalmente. Fai conto: discuto spesso con mio cugino grande, che fa politica in qualche gruppo che non ricordo... È lento. E rigido. Alle volte dall'inizio alla fine del pranzo io capisco che sbaglio e cambio idea una decina di volte. Lui invece resta fermo. Spesso si vede che ha capito che va contro un muro, ma *per coerenza* va avanti."

"Questa è la libertà che vogliamo..." proseguiva il baby rivoluzionario, "la libertà di essere al centro dell'azione politica..."

"Senti questo," commentò distrattamente Fochetti, "la libertà è fare quello che dice lui..."

"Di molti nostri amici non conosco le idee politiche," osservò Bonetti, "ma possibile che non ne parliamo mai?"

"Poco," risposi.

Non mi ricordo, in realtà, se all'epoca ne parlassimo. Lo avremmo fatto più tardi, verso il terzo anno di liceo. Ma a modo nostro. Eravamo troppo coinvolti da altro perché eventuali divergenze politiche potessero distrarci dalle esperienze che ci univano. Per questo forse quelli della nostra generazione sono portati a fare accordi.

"È proprio da questa scuola, compagne e compagni, che può partire la scintilla," continuava Vladimiro, "da questa e da altre scuole come questa..."

Molti interloquivano, le ragazze erano rapite dalla retorica del leader, i ragazzi erano intimiditi dalle sue certezze e dalla sua indiscutibile capacità oratoria.

Bonetti, io e Fochetti continuavamo a parlottare, ed evidentemente non gli davamo soddisfazione, tant'è che a un certo punto Ranucci interruppe la sua predica e rivolgendosi direttamente a noi chiese stizzito: "Vi sto disturbando?... E pensare che è proprio dalle forze più giovani, dalle forze ancora pure, dal proletariato che ci si aspetta il colpo di reni!".

Noncurante di tutti gli occhi che si erano voltati verso di noi, Fochetti se lo guardò. Poi, secco, gli domandò: "Io sarei un proletario? E chi lo ha detto?".

Ho sempre pensato che la malattia dei nostri tempi sia stata la claustrofobia. Una malattia sana, che ti spinge a uscire dall'angolo, evitandoti di farti chiudere dove non vuoi. E visto con gli occhi di un claustrofobico, Marx non è un granché. L'idea che, centocinquant'anni prima che noi nascessimo, un sociologo tedesco potesse aver previsto cosa avremmo fatto in quanto appartenenti alle nostre rispettive classi sociali non poteva far presa. Il mondo lo avevamo in mano noi, non la Storia, ed erano in pochi ad abbracciare come destino irrinunciabile la classe sociale in cui si ritrovavano; i più la consideravano una residenza momentanea e studiavano il modo di abbandonarla il prima possibile. Le ipotetiche caste tratteggiate dal *Capitale* non ci toccavano. Navarra era figlio di chirurgo ed era ricco, io ero figlio di avvocato e stavo più che bene, Bonetti era figlio di gente colta e se la cavava, Gallo non stava messo bene, perché aveva perso la madre, e il padre (commesso alla Rinascente) non guadagnava abbastanza per crescere cinque figli. Il padre di Fochetti all'epoca era giardiniere, poi col tempo mise su un piccolo vivaio. Quale che fosse il nostro status, facevamo tutti la stessa vita e avevamo tutti gli stessi sogni; all'epoca non sentivamo le differenze, e le chiacchiere di Ranucci non ci affascinavano.

Per questo Fochetti l'aveva (verbalmente) fucilato.

Fu invece Rocchi a occuparsi della destra.

Di Alessandro Rocchi (detto Rocchino) si può dire che è stato un ragazzo sfortunato. Stava sempre contratto, era balbuziente, si vedeva che sarebbe potuto essere uno forte, ma viveva col freno tirato. Si trovò dietro il motorino di Piva quando quel deficiente decise di scippare una tipa per strada, e non ebbe il coraggio di opporsi. Mentre Piva accelerava su viale Regina, Rocchi chiuse gli occhi e pregò che tutto finisse subito, ed effettivamente tutto finì subito, visto che una pantera della polizia gli chiuse la strada all'incrocio con via Tagliamento. Da lì per Rocchi fu dura. Stette un po' dentro a Casal del Marmo, perse l'anno e la reputazione, poi i suoi si spostarono a vivere vicino a Subiaco e lo portarono con loro. Non so che fine abbia fatto, credo faccia l'elettricista da quelle parti. Era uno in gamba. Un po' insicuro, piuttosto ignorante, ma istintivamente intelligente. Bonetti lo adorava.

Una volta cercavamo una pizzeria a San Lorenzo, avevamo trovato tutto chiuso e non sapevamo dove mangiare. Era una domenica sera, era tardi, pioveva, faceva freddo. Restava aperto solo un locale tristissimo, con un'insegna al neon agghiacciante, e con dentro una luce azzurrognola che rimbalzava sui tavoli in fòrmica coperti da carta da pacchi. Fochetti lo bocciò immediatamente, chiarendo che "in un posto così si mangia sicuro di merda". Noi eravamo incerti, discutevamo sotto la pioggia, e Rocchi se ne stava zitto. Fu Bonetti a rivolgersi a lui e gli chiese: "Tu che ne pensi?". E lui, mostrando di aver seguito la discussione ben più di quanto non avesse fatto intendere il suo atteggiamento, rispose guardandosi le scarpe: "Alle v-volte un b-b-brutto naso può fa-farti p-perdere un b-bel c-culo". E non aggiunse altro.

Saggezza divina. Un vero messia per uno come Bonetti, che lottava quotidianamente contro il pregiudizio.

Ma torniamo ai fascisti. Un giorno Gallo si presentò con un testo di Julius Evola, che aveva acquistato alla libreria Europa di piazza Cavour, quella che in pieni anni ottanta vendeva libri di ultradestra e collanine con la croce celtica. Completamente sconvolto dall'erba che aveva portato Salvietta dalla Calabria, Gallo declamava: "...Bisogna che esistano delle forze originariamente indomite, le quali conservino in una qualche maniera e misura questa loro natura anche presso la più rigida aderenza a una disciplina. Solo allora l'ordine è fecondo. Con una immagine, potremmo dire che allora accade come per una miscela esplosiva o espansiva, la quale appunto quando è costretta in uno spazio limitato sviluppa la sua estrema efficacia, mentre nell'illimitato quasi si dissipa...".

La sessione fu interrotta dal commento di Rocchino: "A G-G-Gallo, questo scrive p-p-p-peggio di te!". Applauso.

Sarcasmo e balbuzie, e anche i fascisti erano serviti.

Arriva Claudia

E poi, mentre stavo pensando al messaggio di Bonetti, la segretaria annunciò una visita decisamente inattesa.
"Roberto, è arrivata una certa Claudia Palazzi che ti vuole vedere. Faccio entrare? Mando via?"
Fu un altro colpo basso, dottoressa. Non vedevo Claudia da una ventina d'anni.
Non so se gliene ho parlato, ma Claudia era una fuoriclasse, aveva qualcosa in più. Era bellissima. E non solo. Era sveglia, e andava oltre.
Diceva quello che non si poteva dire, faceva quello che le ragazze non dovevano fare. Dominava tutte le altre, ti guardava dritto negli occhi e capiva quello che pensavi. Però non intimidiva, anzi. Includeva. Aveva un potere, riusciva ad addolcire il clima. Rendeva digeribile quello che non lo era, relativizzava i nostri errori, le nostre volgarità, le nostre prepotenze. Con uno sguardo partecipava e li ridimensionava, li faceva diventare un peccato di gioventù.
Eccola, Claudia Palazzi. Be', i quaranta-quasi-cinquanta c'erano, ma lei era bella come allora.
Il capello non era più new wave: era sportivo, le scendeva appena sopra le spalle in quello che in un paio d'anni sarebbe diventato un taglio inadeguato per la sua età. Jeans stretti, maglietta fina. Aria stanca, poco trucco, eppure... la luce nei suoi occhi era quella di un tempo e mi faceva ancora sentire migliore. Il suo sorriso portava il sole.
Mi si chiuse lo stomaco. Mi teneva ancora sotto schiaffo.
Per fortuna vidi il ragazzo, che mi offrì la scappatoia.
Aveva sui diciassette anni e una foltissima chioma rasta. Una montagna di capelli prorompeva dalla fascia ela-

stica che la conteneva ai lati in cima alla capoccia. Tipo un
ananas.

Lo sguardo però non era supponente, era mansueto,
inoffensivo, docile. Forse per le canne, forse per una recente
litigata con la madre. Perché Claudia non poteva che essere
la madre.

"Ciao Claudia. Ma è tuo figlio?"

"Sì, ma anche tuo.*"*

Mi si bloccò il cuore. E feci i conti.

13.

Il mio politologo ideale si chiama Mauro Salvietta, e vende cucine a San Giovanni. È il padre di Raffaele, il mio compagno di scuola, e ormai avrà un'ottantina d'anni. La settimana scorsa l'ho incontrato all'edicola davanti alla ex Coin. È invecchiato, ma è in ottima forma. È sempre stato un tipo pratico. Una volta ci venne a riprendere in piena notte sulla Laurentina perché ci si era fermata la macchina e non riuscivamo a farla ripartire. Guardò il quadro e si accorse che, semplicemente, eravamo a secco. Il figlio non aveva fatto benzina. Ci fece salire sulla sua Uno e, incrociando lo sguardo di Raffaele che lo osservava bastonato dallo specchietto retrovisore, borbottò: "Ma dimmi tu se all'età mia devo ancora anda' a riprende *una testa di cazzo laureata di ventiquattro anni*".

Comunque ci siamo riconosciuti, mi ha salutato, mi ha raccontato di Raffaele, che a quanto pare vive a Monza dove fa il consulente aziendale per cose di internet, si è sposato e ha tre figli. Una parola tira l'altra e alla fine, prendendo spunto dalle prime pagine del giornale che avevamo comprato, siamo finiti a scambiare due battute sulle imminenti elezioni. "Me fanno ride," ha dichiarato il signor Salvietta, "quelli che spiegano la politica. Che c'è da spiegare? Se uno ti sta sul cazzo, voti il suo avversario. Se ti sta simpatico, voti lui. Se uno abbassa le tasse, lo voti. Se le alza, non lo voti. Semplice, no?"

Semplice. Anzi, mi sembra un'analisi fin troppo raffinata.

Nella maggioranza dei casi la politica arriva nella vita delle persone di sghimbescio. Arriva all'ora del telegiornale. Le idee politiche sono radicate meno in profondità di quanto si possa pensare, e secondo me al momento del voto per i più la scelta si fa all'ingrosso: si vota di qua o di là, scegliendo tra i candidati in vista, e poche storie. È sempre stato così, anche prima di Berlusconi. Berlusconi ha solo capito che più delle chiacchiere per molti vale l'istinto.

E così sarà valutato il mio arresto, così saranno formulati i giudizi. All'ingrosso. Umiliazione mia e di tutta la mia famiglia. Ornella traballerà, ma reggerà il colpo. Una bella pietrona sopra la mia candidatura, ma a quella tanto mi sa che avrei rinunciato comunque, perché se continuano a martellare così sugli stipendi dei parlamentari rimarrà in politica solo chi pensa di rubare. Peccato però, perché il parlamentare lo avrei fatto bene.

Bonetti e io votammo per la prima volta su per giù nell'87. Elezioni politiche. Un anno dopo la maturità. Decidemmo su cosa mettere la croce in pizzeria, alla Pappardella di San Lorenzo.

"Che votate rega'?" chiese Navarra tagliando la margherita.

La risposta poteva essere una qualsiasi. Non eravamo un gruppo tenuto insieme dalla politica, quindi ognuno aveva maturato (se lo aveva fatto) una scelta potenzialmente diversa da quella degli altri. E poi ci si confrontava per la prima volta con una scelta reale, non più con un atteggiamento assunto a uso e consumo di chi ti stava a guardare.

"Msi," disse netto Salvietta, e nessuno gliene volle. Anche perché era la stessa scelta di Gallo, che si alzò in piedi sulla sedia e fece il saluto fascista. "Camerata Salvietta, a noi!"

"A cojonee," urlò Quirrot da capotavola, tirandogli un tovagliolo in faccia.

"Scopa!" chiosò Fochetti, salutando così l'incontro fra una Salvietta e un tovagliolo.

Quirrot votava Dp (ebbene sì: esisteva Democrazia proletaria).

Mentre il giovane federale si risedeva al suo posto, Bonetti manifestò la sua scelta: radicali. "I froci?" domandò

Fochetti afferrando un supplì, e Navarra lo corresse: "No, i drogati! Infatti sto per Pannella anch'io!".

"Ecco, te ce mancava solo il guru a te," ribatté Fochetti. Poi, guardandolo intensamente, proprio come se cercasse di rubargli i pensieri, aggiunse: "Ma mi spieghi perché sembri comunista quando stai coi fascisti e sembri fascista quando stai coi comunisti?".

"Quando non ti piacciono né gli uni né gli altri," rispose serenamente Navarra, "succede che trovi il buono dei primi quando sei circondato dai secondi, e viceversa."

Fochetti fece una faccia come a dire "Boh?", poi si voltò verso di me e chiese: "E tu Ranò? Che bestia sei?".

Io dissi che ero insicuro. Non sapevo se votare Psi o Pri.

"E che cazzo di partiti sono?" mi domandò Fochetti. Ma arrivò un secondo giro di fritti.

Anche per noi a quei tempi la scelta si faceva su immagini semplici e nette: il Pci attirava pochi, perché ormai era chiaro che il comunismo per l'Europa dell'Est era stato una fregatura, e hai voglia a spiegare che qui le cose erano diverse. Falce e martello avevano quelli, falce e martello avevano questi.

La Dc era un mondo che non ci apparteneva, perché se già da giovane stai con chi governa non hai tutte le rotelle a posto (a parte Fochetti, che scoprii più tardi proprio alla balena bianca avrebbe dato il suo primo voto, e tutti i seguenti; credo la voti ancora oggi che si è estinta). I radicali erano conosciuti solo perché erano libertari e volevano legalizzare le droghe leggere, ma tanto bastava per avere un forte appeal nel nostro giro. Poi c'erano i fascisti, che su qualche ragazzo non potevano che fare presa, così come i demoproletari, perché l'estremismo funziona sempre su chi è in cerca di identità. Non ricordo socialisti, essenzialmente perché Craxi era antipatico. Comparvero più in là.

E infine c'erano quelli che si avvicinavano alla politica con la logica, e questi erano carne da macello. Tra questi (agli inizi) ero io. Tempo due secondi di ragionamento e venivo ricoperto dai cori "Du-ce / Du-ce" oppure tacciato di conservatorismo da miei coetanei che giocavano all'autonomia operaia.

Le cose sarebbero cambiate all'università, perché a quell'epoca avrebbero avuto ormai effetto le letture, le frequentazioni e tutto il tempo che avevamo avuto per far marinare le idee che ci aveva passato chi ci aveva preceduto. Bonetti all'università prese a girare intorno alle idee di radicali e socialisti. Un po' frequentando i suoi professori, un po' lavorando per qualche rivista d'area, cominciò a respirare l'aria di un mondo a cavallo tra Claudio Martelli, Marco Pannella, i riformisti Pds e i socialisti della Cgil. In realtà era un'area ininfluente, perché l'unica vera verità era che Craxi faceva quello che gli pareva (e in genere gli parevano cose di destra), ma quest'area aveva il merito di consentire a chi era di sinistra (ma non comunista) di immaginare una propria diversità.

Io invece archiviai in fretta i laici, e in breve abbandonai la passione per assuefarmi all'interesse; trainato sempre più dal mio nuovo ambiente universitario, finii per frequentare le cene dei giovani sbardelliani, i miei coetanei democristiani che supportavano il potere romano del loro spregiudicato leader meglio noto con il soprannome di "lo Squalo".

I giovani democristiani romani in quegli anni organizzavano le feste in discoteca, e così facevano i giovani socialisti, repubblicani, liberali. Persino i giovani socialdemocratici. I voti si spostavano con un drink e un ingresso gratis, e le liste nelle mani dei buttafuori venivano fotocopiate e consegnate alle segreterie degli onorevoli, che pensavano poi a metterle a frutto.

Dall'altra parte non andava meglio, se è vero che Muzzi, bocciato in quarta ginnasio e poi ancora in seconda liceo, divenne il responsabile cultura dei giovani di Rifondazione comunista. Erano anni in cui la politica dava il peggio di sé, più o meno come ora. Era l'epoca di Tangentopoli.

Arrestarono lo zio di Morena Falcone, un ingegnere pieno di soldi che aveva costruito mezza città. Lei, il nostro mito del liceo, al centro di un terremoto che non avrebbe lasciato in piedi nessuna delle sue certezze, piangeva con la testa incassata tra i gomiti sul tavolo della Baldini (la biblioteca dove andava per studiare Diritto privato). Gallo e Muzzi (fan rispettivamente di Almirante e di

Ingrao) si ritrovarono uniti dal tifo per il pm Di Pietro. Questi mandò in galera anche il padre di Quirrot, consigliere d'amministrazione pidiessino di non so quale società. La madre di Menichella, che sembrava destinata a diventare quantomeno ministro, se ne dovette tornare al sindacato (e al marito che aveva frettolosamente abbandonato) quando la gioiosa macchina da guerra di Occhetto fece flop (e fu nei rispettivi picchi al basso che si incrociarono le parabole di Menichella e Quirrot, che prima presero a consolarsi a vicenda, poi si fidanzarono e infine convissero per una decina d'anni e tre figli).

Tangentopoli mischiava le carte, cancellava il quadro politico, i volti dei potenti, i volti dei vincenti e dei perdenti. Scomparivano i partiti chiesa, comparivano i partiti azienda, comunità di migliaia di persone mascheravano i propri simboli e venivano travolte dalla durezza della realtà.

I comunisti avevano sbagliato? Scomparivano. I socialisti avevano rubato? Scomparivano. I democristiani non avevano compreso la modernità? Scomparivano pure loro, che sembravano indelebili.

A nessuno veniva data una seconda chance.

Davanti al traballare globale scoprimmo anzitempo che responsabilità di ognuno è fare i conti in primis con il proprio destino. Scoprimmo l'inutilità dei grandi proclami, l'effetto boomerang che spesso hanno le questioni di principio, capimmo quanto importante fosse rimboccarsi le maniche e misurare se stessi e gli altri dai risultati raggiunti.

Cosa che, mi capirete, al momento preferirei evitare di fare.

Ordine del giorno

Tre anni bisestili, il decennio più lungo del secolo. Bologna era nel 1980, ma obiettivamente apparteneva ai dieci anni precedenti.

Tienanmen, la caduta del Muro di Berlino, Ceauşescu fucilato, il dramma di Chernobyl, Ronald Reagan che bombarda Tripoli. L'Irangate.

Margaret Thatcher. Pinochet a casa, ma prima il Papa sul balcone (*Santiago del Cile, padre, tuo figlio dov'è...*). Le Falkland, la fine delle dittature in Argentina e a Panama. La morte di Brežnev. Gorbačëv. L'attentato a Wojtyła, Ali Ağca, la tragedia di Alfredino. Il terremoto dell'Irpinia, Ustica. L'invasione dell'Afghanistan, la P2.

Il caffè di Sindona, l'alluvione in Valtellina, il maxiprocesso.

La morte di Berlinguer, la scala mobile, l'*Achille Lauro*, Sigonella, il Psi.

Tortora. La morte di Almirante.

Samarcanda, Santoro, Rai Tre.

Quel pazzo che atterra con un aereo minuscolo sulla Piazza Rossa senza essere intercettato dall'aviazione sovietica. Unabomber a Salt Lake City. L'esplosione dello Shuttle.

La Cometa di Halley, e grattiamoci le palle.

Finalmente

Vede, dottoressa, l'ultima volta che io e Claudia ci eravamo incontrati era stato a una cena di amici suoi, e forse vale la pena di farne cenno, se mi permette. Tanto per farle capire quanto non mi tornasse la storia del figlio.

Saremo stati ai primi anni di università, in quel periodo in cui il nostro gruppo un po' si stava sfaldando e un po' cercava di tenersi unito. Claudia faceva Legge come noi, e in occasione di un esame avevamo ripreso a studiare insieme. Una sera ci portò a casa di alcuni suoi amici che davano un dopocena.

Entrammo in un bell'appartamento dalle parti di Montesacro, la città-giardino in fondo alla Nomentana, una breve oasi di palazzine d'epoca che divide la Nomentana da Talenti. L'ambiente era fascinoso. Luci basse e calde, musica di tendenza, soffusa, vino rosso, parmigiano e uva sul tavolo del salone. Appena entrati, ci guardavamo intorno, cercando di capire cosa fare e con chi chiacchierare. Eravamo io, Bonetti, Fochetti e Claudia. Finimmo seduti per terra in un circoletto di persone che si era creato intorno a una coppia che insegnava alle altre a vivere. C'erano candele nei vari angoli della stanza, e tutte le luci erano spente. I due, a quanto pare, erano finiti nelle mani di un sedicente psicologo che affrontava i problemi di coppia.

"Eravamo in un momento di crisi, ma questa terapia ci ha fatto rinascere," spiegava un lungagnone con barbetta finto-trasandata e occhialetti a cerchio poggiati sulla punta del naso, ciuffo ribelle appeso sulla fronte. Un coglione insomma. (Mi scusi, dottoressa, ma è per capirci.)

Mentre parlava con voce grave guardava il fumo che saliva dalla sua sigaretta. Lei gli stava seduta accanto. Una bellezza rinascimentale, tipo dipinto del Botticelli, pelle bianca e occhi grandi, capelli lunghi, castani e boccolosi che le scendevano sulle spalle. Raggomitolata su se stessa, si abbracciava le gambe e poggiava il mento sulle ginocchia. Guardava il pavimento intimidita, come se, pur condividendola, non potesse non essere ferita dalla scelta fatta dal suo compagno di esibire il proprio privato davanti a degli sconosciuti.

Il problema pare fosse la gelosia di lui. "Non riuscivo ad accettare che Carla fosse oggetto delle attenzioni di altri. Credevo di non fidarmi di lei, ma in realtà non mi fidavo di me stesso," aggiunse fissando lei che, timidamente, dal basso all'alto, gli rivolse uno sguardo comprensivo, accompagnato da uno splendido sorriso. "Poi," riprese, "il professore ci ha aiutato, e io sono guarito dalla mia malattia." Fin qui nulla di male, il problema nacque quando il tipo spiegò la terapia cui fu sottoposto. A quanto raccontava, ogni venerdì il professore dava ai suoi pazienti (cinque, sei coppie per volta) un appuntamento in mezzo a un qualche bosco (ma una volta erano finiti anche in un cinema abbandonato dalle parti di piazza Tuscolo) e, a turno, uno dei mariti gelosi veniva legato a un palo, mentre gli altri, davanti a lui, si trombavano la moglie, ovviamente consenziente.

"Ma tu sei andata lì col tuo uomo?" chiese Claudia, un po' preoccupata dal silenzio della Primavera, e un po' sinceramente interessata a cosa potesse spingere una ragazza a prestarsi a quella procedura. Bonetti aveva il volto paralizzato dallo sforzo di non ridere e cercava il mio sguardo, mentre io per lo stesso motivo fissavo la punta delle scarpe, teso a non rovinare il clima della confessione.

"Certo," disse lei, prendendo la mano del compagno. "Gabriele sembrava Ulisse, legato all'albero della nave mentre cantavano le sirene."

"E tu ora sei guarito?" domandò a Gabriele Fochetti, che fino a quel momento era sembrato distratto perché intento a rollarsi una sigaretta.

"Certo. Non sono più schiavo di me stesso," rispose lui, guardando Lino con una certa sufficienza.

"Peccato..." replicò Fochetti con un sorrisetto, volgendo lo sguardo malizioso verso la Primavera.

Bonetti fu il primo a capire la ferocia di Fochetti, mollò definitivamente ogni freno ed esplose in una risata a bocca piena che lo portò a eruttare brandelli di parmigiano e uva sul povero Gabriele. Anche Claudia cedette, scoppiò a ridere, e per non strozzarsi sputò a spruzzo il contenuto del bicchiere, che le stava andando di traverso. La giovane Primavera del Botticelli fu inondata dal mojito della Palazzi, si alzò sdegnata e andò via, scansando Claudia che cercava di raggiungerla e scusarsi.

Gabriele ci guardò schifato, si alzò e rincorse la Primavera; il circolo si sciolse, qualcuno riaccese le luci e in un attimo ci ritrovammo da soli, in mezzo al salone, isolati con sdegno da una compagnia che a quanto pareva apprezzava più gli esperimenti psicoterapeutici del guru che non l'umorismo tradizionale alla Fochetti.

Tentammo un reinserimento su più fronti, ma venimmo sempre respinti dagli invitati, anche perché in qualsiasi parte della casa ci trovassimo, da qualsiasi discorso fossimo coinvolti, scoppiavamo a ridere di botto pensando alle sedute di gruppo della Primavera e del supponente imbecille con cui tentava di recuperare il rapporto.

Tutto saltò definitivamente quando Fochetti, aggirandosi per l'appartamento in compagnia di Claudia, beccò Gabriele che, sempre affiancato dalla sua bellissima compagna, protestava con la padrona di casa: "Ma chi sono queste bestie che hai invitato? Se sono rimasto è solo per rispetto a te...". Lino lo guardò, lui si interruppe. Fochetti, con lo stesso sorrisetto di prima, gli fece: "Ti vedo nervoso...", e poi mettendo una mano sulla spalla della Primavera aggiunse: "Vuoi che ti aiuti a calmarti?".

Claudia strabuzzò gli occhi e soffocò la risata portandosi la mano alla bocca, come a bloccare un conato; legittimamente Gabriele (tornato per un attimo vittima delle sue emozioni) tirò un cazzotto verso il volto di Fochetti. Claudia con un riflesso d'istinto riuscì a spostare Lino con una spallata, e le nocche del paziente ideale finirono contro l'intonaco del muro. Il vaso era comunque traboccato, e la padrona di casa cacciò noi e la nostra incapacità di evitare le battute grevi.

Fuggimmo dal dopocena alternativo e tornammo a casa soffocati dalle risate e con le lacrime agli occhi. Ognuno alla

propria, di casa. *E quella sera del nostro ultimo incontro fra me e Claudia non successe niente, come niente era mai successo e niente sarebbe potuto mai succedere, perché eravamo amici, molto amici.*
O così almeno mi sembrava di ricordare.

Ora erano passati più di vent'anni, e me la trovavo di fronte. La guardai negli occhi. Claudia nel mio studio. Il passato che mi riacchiappa. Ma può imputarmi un figlio? Claudia ricambiò il mio sguardo. Seria. Grave. Poi lesse il terrore sul mio volto, e scoppiò a ridere. Come quella sera. Mi abbandonai sullo schienale della sedia. La guardai. Mi illuminai, comprendendo finalmente la presa per il culo.

E cominciai anche io a ridere, a ridere, a ridere... In pochi minuti ci liberammo di tutte le tensioni accumulate in anni e anni di separazione forzata; mi liberai del mio stress, delle frustrazioni, del mio stare all'erta per tutto e per tutti. Ridevamo come pazzi. Il figlio non capiva e ci guardava, serio e immobile; doveva essere un po' tonto. Noi avevamo le lacrime agli occhi.

Per questo, dottoressa, mi prese alla sprovvista Bonetti quando, in quell'istante, mi chiamò al cellulare.

14.

Eravamo partiti il 4 agosto in cinque, con la Polo blu di Marco senza aria condizionata. La Polo l'aveva comprata quando la Dyane era collassata, era una di quelle in cui si apriva il tettuccio girando la manovella. Il traffico sulla Salerno-Reggio Calabria era spaventoso. Più volte improvvisammo una partita a carte sul cofano arroventato della macchina con altri ragazzi imbottigliati nel traffico, e alla fine ci vollero oltre dodici ore per arrivare a Tropea. Montammo la tenda militare di uno zio sottufficiale di Gallo nella piazzola del campeggio e ci infilammo dentro a dormire. La tenda era enorme, una cosa tipo sette metri per cinque, una sorta di stanzone in cui saremmo vissuti per una ventina di giorni.

Al campeggio Navarra se ne stava quasi sempre per i fatti suoi o con degli svizzeri conosciuti lì al camping; Fochetti e Gallo formarono una coppia di panzer sessuali e cominciarono a battere la zona in cerca di tedesche, con la stessa meticolosità con cui in inverno, il giovedì, andavano a ballare al dancing Pichetti in cerca di colf straniere in libera uscita.

Una sera io e Marco prendemmo la Polo e lasciammo il campeggio, addentrandoci incuriositi verso Vibo Valentia. Affacciandoci dal finestrino abbordammo due ragazze brutte, davvero brutte. *Molto* brutte.

Non cercavamo avventure, cercavamo ricordi, episodi da raccontare alla fine dell'estate. La situazione era promettente e piena di fascino.

Entrammo verso le due nelle cucine del ristorante in cui le ragazze lavoravano. Non erano cuoche, erano lavapiatti. Dopo aver scherzato un po' finimmo "a far roba" in un angolo delle cucine, convinti che nessuno a quell'ora sarebbe entrato nel locale. Invece entrò una signora bassissima e grassissima. Vestita di bianco, probabilmente era la capocuoca. Gettò un urlo e attaccò a rampognare le due ragazze in un incomprensibile, strettissimo dialetto locale. Noi non capivamo cosa stesse dicendo, e le nostre due nuove amiche, pur capendolo, restavano impassibili. Appena la nana riprese fiato, una delle due infilò secca solo quattro parole: "Signo', mo' staju scupannu!".

Istantanee di amori imperfetti, e l'amore era il nostro terreno di sperimentazione preferito. D'altronde quando il membro interno, per aiutarlo, aveva chiesto a Vannucci quale fosse il sogno dei nostri tempi, lui aveva risposto (a onor del vero un po' titubante): "...Scopare?...". E davanti allo sguardo incredulo della commissione aveva provato a correggersi "...fare i soldi?", dimostrando una capacità d'analisi ben più poderosa di quella che invece gli riconobbe la commissione, bocciandolo.

Dopo la vacanza a Tropea finimmo ospiti di alcune ragazze in una villa a Copanello. Apparteneva a una mia amica di famiglia, anzi apparteneva a sua madre che era partita per un viaggio oltreoceano con il nuovo compagno. Avevamo finito i soldi per il campeggio, ma invece di tornare a casa eravamo riusciti a farci invitare da queste ragazze, gentili e accoglienti.

Fochetti era tornato a Roma, eravamo rimasti io, Bonetti, Gallo e Navarra, una formazione esplosiva, ad altissimo tasso testosteronico, che rovinò i rapporti con le nostre ospiti dopo appena una manciata di giorni durante i quali ci avevamo provato tutti, a turno, con tutte.

Una notte io avevo puntato la più bella delle quattro, credo si chiamasse Rita. Mi ero seduto accanto a lei al falò in spiaggia, ci avevo provato ma mi aveva risposto picche. A pochi metri da me c'era Navarra, che chiacchierava con gli altri. Mi alzai, lo andai ad avvisare e ci demmo il cambio: toccava a lui giocarsi la chance con la più bella. Rita assistette incredula a questo burocratico passaggio di consegne, e, quando vide Navarra sedersi sorridente al suo fianco e proporsi con un ben poco credibile "...A cosa pensi?...", rispose secca: "Non è così che funziona". Capimmo troppo tardi che le ragazze non vivevano con la nostra stessa leggerezza i tentativi andati a vuoto da parte di ognuno di noi con ognuna di loro, per un numero di approcci esponenziale, del genere quattro alla quarta. In breve diventammo ospiti indesiderati: a cena non ci chiamavano, apparecchiavano solo per loro e per altri amici che venivano a trovarle, mentre noi ci aggiravamo per la villa e ci cucinavamo qualcosa dopo che loro avevano sparecchiato. Tipo cani randagi che frugano col muso tra gli avanzi di un banchetto.

Con un clima del genere, avremmo dovuto lasciare la villa, ma la cosa non ci passò neanche per l'anticamera del cervello. Rimanemmo a oltranza a dormire tutti e quattro nel salone, nonostante le ragazze e i loro amici non ci rivolgessero più la parola, fino a che una sera vennero a stanarci accompagnate da un giovanotto. Evidentemente gli avevano chiesto di essere assistite, quasi che ci fosse da temere una nostra reazione inconsulta. Ci dissero espressamente che dovevamo sloggiare.

Io rimasi molto colpito, perché a parlare era stata proprio la mia amica di famiglia, e davanti ai miei occhi si palesò il danno che avevo combinato: ero stato un cafone e avevo fatto una figura di merda. Avevo esagerato, perso il controllo, e sarei stato sputtanato per i millenni a venire.

Rimanemmo soli nel salone. Ero mortificato: ero stato cacciato da casa da una persona che conoscevo da anni; non avrei mai superato lo choc e non avrei avuto il coraggio di dirlo ai miei genitori, che con i suoi condividevano l'abbonamento al circolo più "in" della città.

"Che facciamo?" chiesi sconsolato ai miei amici, tenendomi la testa fra le mani.

"Pisciamo dalla finestra," rispose Navarra. Tirò su la serranda e fece pipì sull'aiuola delle erbe aromatiche, dalla finestra del primo piano. Increduli, cominciammo a ridere, a ridere, a ridere. E tutti in piedi, accanto al davanzale, lo imitammo.

Vandali, d'accordo. Infantili, certo. Stupidi. Ma io me lo ricordo ancora oggi. E quando non so come uscire dal buio che mi circonda, mi immagino ancora di poter risolvere così il problema.

La tempesta perfetta

Dottoressa, le coincidenze esistono. Claudia non aveva un appuntamento con me, era passata così, d'impulso, a salutarmi. Ieri, sera di tutte le sere. In realtà voleva anche presentarmi il figlio, chiedermi se potevo aiutarlo a trovare lavoro. Chiuso il telefono, ancora scosso dalle risate, la guardai negli occhi e risposi: "Claudia, per me tuo figlio è mio figlio. Si fa per dire eh, non ricominciamo. E lo aiuto sicuro. Ma ora mi lasci andare? Ho un appuntamento al bar, e ti stupiresti se ti dicessi con chi".

Claudia ribatté: "Lasciami immaginare... Bonetti!".

"Brava. Hai visto che carriera Marco, eh? Stavolta rischia di vincere l'Oscar!"

"Sì, lo vedo spesso," rispose lei. "Mia sorella sta in una casa di produzione che lavora con la sua."

"E lui non ti aiuta?" le chiesi incuriosito. Volevo arrivare preparato all'incontro con il mio ex migliore amico.

"Ha già trovato lavoro a mia sorella e fa collaborare anche mia figlia al montaggio dei suoi film. Caro Roberto, non è facile per me, e siete le uniche due persone importanti che conosco!"

"Ma tuo marito?"

"Ex marito. È una merda."

"Capisco! Ma raccontami, come è diventato Marco?"

"Sono contenta che vi vediate. Gli manchi."

"Cioè?"

"Voi siete sempre stati una persona sola, Roberto. Fin da ragazzi. Vi ricordo al banco dietro di me e Paoletta. Lezione di greco, o di matematica. O di fisica. Tutti eravamo concentrati e voi scoppiavate a ridere di botto. Chissà che vi eravate detti."

"Embe'? Non succede a tutti?"

"A voi di più. Vivevate in una dimensione parallela. Vedevate il mondo con gli stessi occhi, provavate le stesse sensazioni, vi piacevano le stesse persone. Perfino le stesse ragazze!"

"A te piaceva lui, giusto?"

"Mi piacevate tutti e due."

"Buongustaia!"

"Ma le vere due metà della mela eravate sempre voi due. Anche se eravate così diversi nelle reazioni a quello che non vi piaceva. Bonetti stava male e si ribellava; tu stavi male e soffrivi. Lui esplodeva, tu implodevi."

"Un quadro perfetto, Claudia. Io ho continuato a soffrire, lui ha continuato a ribellarsi. Ma fai la psicologa?"

"Più o meno. Insegno a Ragioneria."

"Ma Marco come sta?"

"Come stai tu. E come tutti noi."

"Cioè?"

"Un po' così... Non si arrende mai, è il grillo parlante di se stesso... Pensi che sia semplice?"

Non doveva esserlo per niente. Marco alle volte era sgradevole, perché era sempre provocatorio. Spesso, sul momento, a molti veniva voglia di escluderlo, per starsene un po' in pace con i propri difetti. Ma lui continuava, come un picchio. Stava là e pigolava a se stesso e alle nostre coscienze: e chi l'ha detto che le cose stanno così? E chi l'ha detto? Ogni istante per lui era una battaglia. Per questo alla fine ha vinto.

"Vive sempre in guerra," spiegava Claudia, "non si adegua, rompe i coglioni, è lo stesso di sempre. Per questo anche se conosce tante persone è un isolato. Gli manchi tu: l'unico alleato che abbia mai avuto."

Claudia ci ricordava così: lui brillante, dinamico e reattivo; io brillante, riflessivo e dolente. Entrambi afflitti dalla stessa malattia. Che a me fiaccava il corpo, e che a lui, ancora oggi, dava energia.

"Vive in un mondo rutilante," concludeva la mia psicologa di fortuna, "ma gli mancate voi. Soprattutto tu, ma anche il gruppo di cui mi racconta sempre le avventure. Fochetti, Navarra, Gallo... 'lo Spadaccia'!"

Marco si ricordava di Spadacci e del Pellacchia. D'altronde, come avrebbe mai potuto dimenticarlo?

110

"E Marta, la moglie, com'è?" le domandai.

"In gamba. Ma non è un amico."

"Io però, bella mia," scossi la testa, "ormai sono mitrida-tizzato. Potrei vivere così per sempre. Sono irrecuperabile."

"Non li conosci i mitridatizzati, Ranò. Tu non lo sei. Tu stai solo male. Come sta male Bonetti. Perché siete rimasti soli. Lui ha bisogno di un amico, tu hai bisogno di un amico. Entrambi avete bisogno di un po' di follia. Ma per quella c'è Navarra, no?"

Cazzo, Claudia. Sei un genio.

Come ho mai potuto smettere di ricordarti?

La salutai. Diedi l'appuntamento al figlio (che a naso non aveva capito un cazzo di quello che ci eravamo detti) per il lunedì successivo (sarebbe dopodomani: sta a cavallo adesso il rasta. Tra quarantott'ore ha l'appuntamento con un galeotto) e raggiunsi i miei amici di sempre, che non vedevo da anni perché eravamo diventati troppo diversi e non avremmo saputo cosa dirci.

Ci tengo subito a sottolineare, dottoressa, che quattro amici che si rivedono dopo anni non si perdono in rimembranze, ma tornano proprio indietro con la macchina del tempo. La matrice che serve a leggere i fatti della vita è rimasta la stessa, si è formata negli anni che hanno vissuto insieme, e non importa a quale quotidianità venga applicata: la piatta routine di un notaio o l'effervescente esistenza di un regista di successo, quella di un cinico avvocato o quella di un quasi architetto faccendiere. Non conta. Il punto è che esistono momenti di assoluta purezza in cui la vita la si vede allo stesso modo.

Quello di ieri sera all'aperitivo a Campo de' Fiori sarebbe stato uno di quei momenti.

E allora se mi squilla il telefono due minuti dopo che avevo mandato un sms al mio ex migliore amico perché avevo visto l'ex cantante degli Spandau, mentre stavo ridendo con una compagna di scuola ex più bella del mondo. Se all'altro capo del BlackBerry ci sono Bonetti e Fochetti che si sono rivisti dopo anni, mezzo sbronzi di Spritz, che aspettano che Navarra li raggiunga... Se succede tutto questo e io esco dallo studio, non sto andando a un appuntamento. Sto andando incontro alla tempesta perfetta.

Cose da non dimenticare

La neve a Roma, le vacanze post-maturità a Ios e la classica notte prima degli esami passata a bere Riccadonna. La sigaretta al contrario nel pacchetto, che segna la penultima.

Le Olimpiadi di Mosca senza gli americani, quelle di Los Angeles senza i sovietici; le lezioni di filosofia del professor Cereci, le partitelle con lui in cortile, la prof che invita a pranzo me e Bonetti per discutere i voti della classe da portare allo scrutinio. Le lezioni sul Novecento della professoressa che illuminò le generazioni dell'istituto per trenta e passa anni.

I decadenti, Svevo e Pirandello, l'Unico di Stirner, Feuerbach su Dio, le lezioni di Calvino, la leggerezza di Milan Kundera e la logica di Karl Popper. I classici a mille lire, stampati minuscoli e fitti fitti.

La montagna incantata.

Prima c'era l'austerity e Roma in bici (tranne le macchine dei medici). Le esplorazioni a Villa Torlonia e soprattutto a Villa Ada.

Poi la musica alta, in camera. *Collasso melico* la notte, alla radio. L'attesa che succedesse qualcosa. Il bagno caldo prima degli esami. Tornare dal campo dopo la partita, fradicio di pioggia. Gli esami andati bene, e l'adrenalina. Gli esami andati male, e il senso di perduto. Il gusto di riprovarci.

(Come sto andando?
Male, perdio, MALE...)

Questo era un Fantozzi importante. Mi sa il secondo, al tavolo della Serbelloni Mazzanti Viendalmare.

113

15.

Le nostre strade cominciarono a separarsi proprio quando pensavamo si stessero unendo per sempre. Una mattina del 1986 per me arrivò il segnale che la festa era finita e che dovevo rientrare nei ranghi, per Bonetti suonò la sveglia che chiamava a fare sul serio. Eravamo insieme e vivemmo quel momento seduti a pochi centimetri l'uno dall'altro. Lui ebbe un'esperienza che lo rese più forte, quasi invincibile. Io mi sentii tagliare le gambe, e da quel giorno per me fu impossibile camminare.

Era il settembre 1986 e ci preparavamo a sostenere l'esame di ammissione all'università privata in cui, cinque anni dopo, ci saremmo laureati entrambi con lode. Migliaia di aspiranti, poche centinaia i posti disponibili. Noi avevamo buone chance: ottimo voto alla maturità, ragazzi brillanti, ci eravamo preparati seriamente. Io avevo fatto anche precedere l'esame da un paio di telefonate di amici di mio padre, telefonate di cui (a quanto ne so, ma vatti a fidare di quel che dice papà) avrebbe dovuto beneficiare anche Bonetti. Entrambi eravamo andati poi a parlare con lo zio senatore di Navarra, che ci aveva assicurato che si sarebbe interessato a noi... Insomma, capivamo benissimo che nessuno dei papaveri che avevamo coinvolto avrebbe mosso un dito, ma l'esserci "dati da fare" ci confortava perché avevamo fatto tutto il necessario per tacitare le nostre coscienze, e potevamo dire a noi stessi che non avevamo lasciato nulla di intentato per entrare.

Nel nostro intimo, d'altronde, eravamo convinti di farcela. Saremmo passati perché eravamo i migliori. Ci ritenevamo i migliori perché in effetti non ci eravamo mai confrontati con una vera e propria competizione.

A Roma, il giorno dell'esame, faceva ancora caldo. Ci eravamo visti a piazza Fiume alle sette di mattina e ci eravamo avviati in motorino verso l'Hotel Ergife, una gigantesca struttura sull'Aurelia, la strada che di suo porterebbe al mare.

Io e Bonetti sulla Vespa, Quirrot e Gallo (che tentavano anche loro) sul Boxer.

Il Boxer si accendeva come il Sì, o come il Ciao. Lo mettevi sul cavalletto e cominciavi a pedalare, stringendo al momento giusto la molletta che stava sotto il manubrio sinistro. Oppure lo spingevi in corsa e ti ci gettavi sopra pesantemente, come a schiacciarlo, tirando nel contempo la molletta. Se il benzinaio non aveva la miscela potevi mettere la normale, e poi aggiungere l'olio versandolo (al 2 per cento) da una bustina apposita: prima di ripartire scuotevi il motorino, per miscelare il tutto. Era insomma un'ottima metafora della vita, perché fu su questi motorini dall'avviamento impegnativo che ci mettemmo in viaggio verso il nostro futuro universitario.

A ogni semaforo Bonetti e io scambiavamo due parole con Quirrot e Gallo, poi nei lunghi tragitti fra uno stop e l'altro parlavamo dell'esame. L'esordio di Bonetti, come sempre, fu bruciante: "Belle merde noi ad andare all'università privata, eh?".

"Perché?"

"Perché facciamo il contrario di quello che abbiamo sempre detto. Perché tutti gli altri vanno alla Sapienza. Perché 'mettiamo la testa a posto', e ci facciamo i cazzi nostri."

"Da domani siamo yuppies!" sdrammatizzai.

"Se passiamo il test. Se passiamo il test..."

Bonetti ci scherzava, ma l'idea di questo esame mi pesava come un macigno. Una parte di me sperava che fossi bocciato. L'università privata per me voleva dire abbandonare ogni speranza di vita diversa, predispormi a rientrare nei ranghi tratteggiati dalla mia famiglia. Un'altra parte di me sperava invece che passassi il test, per farla finita con tutto quel disordine.

Ma, a dir la verità, speravo soprattutto che il test lo passasse Bonetti.

Perché volevo che si spegnesse.

Volevo far tacere quella vocina che mi sussurrava sempre che le cose possono cambiare, che non vale mai la pena arrendersi. Volevo che si mettesse comodo (e io con lui) e che seguisse il flusso delle altre persone.

All'esame ci sedemmo tutti e quattro vicini, in modo da aiutarci e suggerirci il più possibile. Non sapevamo ancora che non era controllandoci a vista che ci avrebbero impedito di copiare. Quirrot e Gallo non avevano speranze, ma io e Bonetti avevamo studiato. In realtà non avremmo avuto bisogno di aiuto, ma non era quello il punto. *Volevamo* copiare. Volevamo copiare e far copiare, in modo, se non altro, da sabotare il sistema cui ci stavamo consegnando. Saremmo entrati, ma saremmo entrati a modo nostro, dettando noi le regole, vincendo sull'università dei padroni, portando con noi anche chi non se lo meritava, qualcuno del nostro gruppo, del nostro clan, della nostra specie.

Poi risuonò quella frase che non avrei più dimenticato, la frase che ebbe su di me l'effetto di una fucilata alle ginocchia, mentre per Bonetti fu come un'iniezione di adrenalina al cuore.

Il presidente della commissione, al microfono, lesse il regolamento ai candidati; ci spiegò come funzionava l'esame, cosa fare con i fogli timbrati e come imbustarli, cosa scrivere sul retro e come chiudere la busta. Parlò lentamente e poi, concluso il suo discorso, con il labbro superiore tirato in un sorriso secco sibilò: "Se volete far copiare, fate pure. Considerate solo che chi copia, alla fine, potrebbe entrare al posto vostro".

Si sedette, aprì il giornale e cominciò a leggerlo, senza più alzare lo sguardo per tutta la durata della prova.

Sia io sia Bonetti comprendemmo l'importanza di quella frase. Ma a ognuno di noi disse una cosa diversa.

A me disse: è finita, molla ogni speranza, stai entrando nel mondo degli infami, e da oggi farai bene a imparare le loro regole.

A Marco Bonetti disse: sii quello che sei, non imbrogliare. Il sistema sei tu, e se imbrogli il sistema imbrogli te stesso. Scommetti solo su di te, e ce la potrai fare.

Lì Bonetti capì che aveva il mondo in mano. Io capii che il mondo mi teneva in pugno.

16.

Passammo io e Bonetti, Quirrot e Gallo restarono fuori. Ovviamente in quell'università privata non c'era solo gente come noi. A dare il tratto anzi erano regole diverse, personaggi che al liceo non avevamo mai incontrato, probabilmente perché erano stati costretti a mimetizzarsi per non essere messi al margine del vivere civile. Per la prima volta ci confrontavamo seriamente con il cosiddetto "generone": figli di ricchi professionisti, discendenti di una antica e grottesca nobiltà, pariolini e sedicenti tali, fighetti di varie taglie e misure.

Ragazzi che alla bisogna tiravano fuori lo smoking, ragazze che finite le lezioni correvano ad abbronzarsi nei saloni, luoghi di culto forniti delle prime lampade Uva. Scomparivano fascisti e comunisti (dei primi restava qualche traccia, i secondi erano pochi e considerati anime perse) e comparivano dei babbei che votavano Dc perché così votavano papà e mamma, o Psi per fare carriera, o Pds per sembrare intellettuali, o che ammettevano serenamente di non conoscere i nomi dei partiti perché non si erano mai occupati della questione. Comparivano ragazze (o addirittura ragazzi!) con nomignoli e diminutivi più adatti a un animale da compagnia che a un cristiano.

Queste tipologie in realtà non esaurivano la gamma della popolazione universitaria. Come in ogni altro posto del mondo, in un ateneo privato c'è gente che vale e gente che non vale. Gente che lavora e gente che non ne ha voglia. Ma a dare il tratto, per noi matricole che cominciavamo a guardarci attorno, erano loro. E poi devo ammettere che, se ora che ne faccio parte giudico questo mondo con estrema durezza, all'epoca quell'ambiente mi affascinava. Che io entrassi in quel giro "bene" era il sogno dei miei genitori, e sapete come dice il proverbio? Nessun frutto cade mai troppo lontano dall'albero (ho sempre vissuto questo detto come una macabra profezia).

Mio padre e mia madre mi avevano segnalato un po' di nomi di figli di loro amici che individuai subito nella piazzetta dell'università. Coglioni di dimensioni ciclopiche che passavano il tempo nel tentativo di abbronzarsi poggiando la gola su pezzi di cartone argentato. Ma all'epoca non me la sentivo di condannarli: mi affacciavo nel loro mondo, era ovvio che valessero le loro regole.

Nei mesi successivi mi lasciai trasportare a valle dalla corrente, come se nulla potesse evitarmi il destino che il Dna mi aveva cucito addosso. Il mondo del liceo si allontanava sempre più. Il gruppo dei vecchi amici si sfaldava ("Er vecchio gruppo 'ndo stà," avrebbe detto il Califfo), le occasioni per vedersi si diradavano, e io cominciai a uscire con i vari Lollo, Bepi e Cocò. E la cosa mi piaceva. Stava nascendo un nuovo, potentissimo Ranò.

Bonetti lo vedevo in difficoltà. Come un gatto randagio spinto dalla fame è costretto a valutare l'ipotesi di assaggiare il cibo che la famiglia gli lascia in veranda, così lui annusava il nuovo ambiente e provava ad avvicinarsi. Ma non riusciva proprio a farsi piacere la nuova situazione. E così finiva al margine del nuovo mondo.

Me lo ricordo a Villa Miani.

Villa Miani è un bellissimo complesso che torreggia su Monte Mario, una villa con uno splendido giardino e la vista su tutta Roma. Ci si fanno i matrimoni, qualche convegno, le convention delle medie aziende.

All'epoca a Villa Miani i ragazzi della Roma bene organizzavano feste a pagamento, in cui in genere era di rigore lo smoking, in modo da far credere ai paganti di essere ammessi a un evento dell'alta società.

Se l'organizzazione partiva dal gruppo giusto, ci si guadagnava bene. Il gruppo di universitari che vendeva i biglietti delle feste "cui non si poteva mancare" era ristretto, ma ovviamente organizzava eventi in quantità industriale.

Io e Bonetti, per via dei cognomi, eravamo in due classi diverse pur frequentando entrambi Legge, e mentre io mi ero subito accodato ai nuovi amici e amiche che di questi biglietti non riuscivano a fare a meno, Marco tentennava, cercava di resistere.

"Ci vai sabato?"

"Dove?"

"Alla festa organizzata da Merlino."

"Che cosa si festeggia?" domandò polemico. Era chiaro che voleva punzecchiarmi, ma io sapevo difendermi.

"'Sto cazzo," risposi.

"No, non credo di venire."

"Hai di meglio da fare?" Stilettata mia. Ormai il vecchio gruppo era in via di dissoluzione. Alle feste dei liceali non ci invitavano più, e imbucarsi a vent'anni a casa di ragazzini sarebbe stato comunque grottesco; e i sabati in mezzo al traffico del lungotevere o a prendersi una birra alla Suburra non erano eccitantissimi.

"*Di meglio* ci vuole poco. Forse sento Fochetti e vado al cinema. Se non può, però, forse prendo qualche imbecille di classe mia e ci vengo."

"Guarda che sarà fico."

"Me lo immagino! Centinaia di persone vestite da camerieri in un giardino. Tutti a ballare Madonna e Michael Jackson, spendendo cinquanta sacchi per una consumazione; qualcuno che prova a rimorchiare quella che gli piace mentre lei cerca di entrare nel giro che conta e non se lo caca."

"Embe'," replicai io, "al liceo era uguale."

"Sì, ma lì è la gavetta. Qui dopo un paio d'anni di noviziato ci troveremmo finalmente inseriti... in un branco di deficienti."

"Se vuoi," tagliai corto, "vieni con me e con quelli di classe mia."

"No, grazie. I tuoi sono troppo imbecilli. Mi deprimono."

"Fa' come ti pare... Ciao."

"Ciao."

Il sabato dopo lo trovai a Villa Miani, in smoking. Si vede che l'ombra della solitudine aveva inghiottito la sua determinazione. Ma era anche, chiaramente, pentito di aver ceduto.

"Non ti piace proprio qui, eh?" gli chiesi avvicinandomi col mio calice in mano e cercando di non notare il suo smoking preso in affitto.

"Non mi piace è dire poco," mi rispose. "Mi sento umiliato."

Avrei capito solo qualche anno dopo cosa voleva dire. Lo capii ritrovando una poesia di Baudelaire. (E ricordandomi all'improvviso quanto mi piaceva Baudelaire.) Quella che l'albatro era bellissimo quando volava sopra la nave, poi i marinai lo catturano, lo costringono a camminare sulla tolda e quello, in cielo maestoso e fiero, diventa goffo e ridicolo, in balìa dei bifolchi che lo prendono in giro.

Spesso, per divertirsi, uomini d'equipaggio
catturano degli albatri, vasti uccelli dei mari,
che seguono, compagni indolenti di vïaggio,
il solco della nave sopra gli abissi amari.
Li hanno appena posati sopra i legni dei ponti,
ed ecco quei sovrani dell'azzurro, impacciati,
le bianche e grandi ali ora penosamente
come fossero remi strascinare affannati.
L'alato viaggiatore com'è maldestro e fiacco,
lui prima così bello com'è ridicolo ora!
C'è uno che gli afferra con una pipa il becco...

Era così, Bonetti con lo smoking indosso: patetico, ed era il primo a saperlo. Lo smoking gli starà bene quando a Los Angeles ritirerà l'Oscar, ma a una festa a pagamento di bambacioni romani lo rendeva penoso.

Non riusciva a orientarsi. Era al margine, quasi fuori. Ostinatamente legato a vestiti che da queste parti non andavano, incaponito su categorie mentali che non lo aiutavano, era diventato una zavorra per chi voleva fare passi avanti (io).

I re della piazzetta lo consideravano *una zecca*, non da ultimo perché si interessava alle lezioni di filosofia. Chiaramente era spiritoso, intelligente, quindi non si risolvevano a chiudergli del tutto le porte in faccia, ma né loro riuscivano a fidarsi né lui riusciva a farseli piacere.

Se avesse voluto, però, per lui in quel gruppo era pronto il ruolo del *comunista*. Poteva accettarlo e vivere tranquillo di rendita per qualche anno, scopicchiandosi qualche biondina in cerca di trasgressioni (in questa chiave, forse, a un certo punto si mise con Ludovica, ma durò poco) e accettando le prese in giro dei suoi nuovi amici bolsi nel caso fosse nuovamente finito in smoking alla festa di qualche giovane capitalista.

Ma Bonetti era disposto a interpretare un unico ruolo: voleva essere Bonetti e, diversamente da me, a essere ammesso in quel consesso non era proprio interessato. In realtà (lo avrei capito solo successivamente) non era in difficoltà: era pronto al nuovo, ma stava evitando di prendere un vicolo cieco. Ai suoi occhi i ragazzi coi nomignoli da chihuahua valevano i Fusano, i Tito, i Rocchi, i Piva. Vedeva i miei nuovi amici come un altro ghetto di gente persa, senza speranza. Un nuovo confine da cui stare alla larga, salvo ogni tanto farsi vedere per dare una sbirciatina.

Bonetti cercava invece qualcuno con cui, di nuovo, condividere tutto. E questa volta l'abisso da evitare, la palude, non erano quelli che non sapevano controllare le proprie trasgressioni, questa volta in fondo al baratro trovavi gente che a trasgredire non ci aveva mai neanche pensato.

Il mondo si era ribaltato di nuovo, ma ancora una volta le regole erano le stesse.

E io non ce l'avevo fatta a tenermi al di qua dal confine. Mi ero fatto crescere i capelli, li avevo tagliati alla moda, mi ero comprato le Ralph Lauren e le Brooks Brothers e mi ero trovato un posticino in piazzetta. Tempo che i miei fossero riusciti a fare il rogito, e con la casa nel quartiere giusto mi sarei completamente mimetizzato.

Il baratro mi aveva attratto, e la palude mi aveva preso le gambe. Le sabbie cominciavano a tirarmi giù.

17.

L'unica che, anche se non a lungo, riuscì a far giocare Bonetti fuori casa (ben più di quanto non avesse fatto il Casale Rocchi) fu una sua fidanzata in quei primi tempi dell'università, Ludovica. Lo portò a Roma Nord, Vigna Clara, in una famiglia che era distillato puro di generone romano, quanto di più distante da lui potesse esserci. Il padre di Ludovica era un insopportabile commercialista salutista, già sulla sessantina, piccoletto e atletico, che si abbronzava al circolo e giocava sempre a tennis. Non l'ho mai sentito pronunciare una parola che non fosse una banalità (espressa con arroganza); guardava fisso negli occhi le amiche della figlia, convinto di piacere a qualcuna di loro. Al circolo un leone, a casa un topo, schiacciato dalla moglie, *finta bionda*, abbronzata anche lei, filo di perle e un gran daffare a stare dietro alle filippine che cambiava più o meno ogni trimestre. Ludovica abitava in una casa da urlo, aveva una villa all'Argentario e un barboncino bianco di nome Casper.

Un pomeriggio partimmo da Roma in cinque, per Ansedonia. Ludovica dava la festa per i suoi vent'anni, e Marco imbucò me, Navarra, Quirrot e Fochetti.

Al secondo anno di università le nostre strade si stavano già dividendo. Io cercavo di farmi adottare dal giro giusto, atteggiandomi a pariolino come negli anni precedenti ero stato paninaro, compagno e anarchico; Marco mostrava tutto il suo disprezzo per questi gruppuscoli di tontoloni, pur essendosi da poco fidanzato con una delle loro espressioni più autentiche. Quirrot, Navarra e Fochetti erano quanto di più estraneo a questo mondo si potesse immaginare. Lino si era iscritto a Ingegneria, la leggenda vuole che fosse uscito dalla prima lezione di matematica tamponandosi il sangue dal naso, come se fosse stato esposto ad atmosfera zero. Navarra frequentava Architettura perché suonava bene essere iscritti ad Architettura, ma le fosche nebbie che già circondavano il suo passato arrivavano a coprire ora il suo corso di studi.

Quirrot era il più "politico" di noi, nel senso che aveva scelto come identità quella del "compagno", aiutato dal fatto che il padre aveva un ruolo neanche di ultimissimo piano nel Pci-Pds. Se non si distraeva (cosa che in nostra compagnia gli succedeva spesso), alla politica sembrava tenerci davvero, e prima di diplomarsi aveva anche scalato l'organigramma di scuola, visto che nelle ultime assemblee era riuscito più volte a prendere il microfono. Aveva perso però credito presso le strutture giovanili dopo la nevicata a Roma, nell'assemblea in cui si contestavano le sospensioni di chi era entrato nelle aule a tirare pallate di neve. Lui, beccato dalla preside in persona mentre cercava di bloccare la porta della sala professori con una carriola carica di neve e fango, si era preso un paio di giorni di sospensione, ma invece di cavalcare politicamente il caso contro le autorità costituite, aveva speso il suo intervento domandandosi, megafono in mano, perché io, Bonetti e Fochetti l'avessimo scampata. Avevamo passato la giornata a ridere alle sue spalle in aula magna, e chiaramente l'iniziativa si era rivelata un flop dal punto di vista politico. Comunque, tornando ai curriculum che i nostri amici presentavano alla festa di Ludovica, Quirrot alla fine si era iscritto a Lettere, e vantava all'attivo un 18 e due 21, voti sufficienti a incoronarlo come l'intellettuale del trio.

"Prego, signori?" ci riceve il cameriere all'ingresso.

"Marco Bonetti."

"Sì, il suo nome c'è, signore. Ma qui nella lista è segnato solo lei."

"Strano!" fa Fochetti, e tutti scoppiamo a ridere.

In quel momento passa Ludovica, che vede Marco e sorride, prima di accorgersi che ne sta imbucando quattro e che si è di nuovo messo quell'orrenda camicia a scacchi che gli ha chiesto più volte di buttare. Poi vede me, e si rinfranca davanti alla mia Ralph Lauren e pantaloni blu in cotone d'ordinanza. Poi vede Navarra e rimane colpita, perché è un bel ragazzo e si presenta bene, anche se è vestito da surfista. Fochetti e Quirrot le gonfiano la vena della tempia, perché sono uno in batik e maglietta "Kailua" di quattro anni prima, l'altro in rigorosa divisa da zecca, con camicia bianca fuori dai jeans zozzi, Superga bianche bucate e zozze, barba sfatta e capello (roscio) scarmigliato (e zozzo). Ovviamente una Ms morbida in bocca e il pacchetto al posto della pochette.

Comunque entriamo. Fochetti guardandosi intorno e grattandosi il pacco mi dice all'orecchio: "Puzza di soldi, eh Ranò?", e ovviamente lo sentono tutti.

Navarra si siede in un angolo e rolla canne come se si trovasse a Woodstock. Quirrot gli siede accanto e cerca di organizzare una critica di stampo marxista, critica che però perde colpi; innanzitutto perché Quirrot non ha mai approfondito i suoi studi su Marx rispetto al Bignami che si era comprato nell'85, e poi perché arriva la "Azzurrona", un figone bestiale vestita (appunto) di azzurro che gli impone di rivedere almeno in parte la sua impostazione classista. Fochetti, al mio fianco, si esercita a stendere il braccio in avanti e, torcendo il polso in senso antiorario, guarda quanto si siano sviluppati i tricipiti brachiali su cui ha da poco cominciato a lavorare in palestra.

Quirrot, con chissà quali argomenti, chiude in un angolo l'"Azzurrona", mentre Navarra ha preso a chiacchierare con la madre di Ludovica, con la malizia del fuoriclasse che solo noi possiamo intuire. La signora, gratificata dalle attenzioni dell'angelo biondo, non si accorge che lui le fuma una canna in faccia, né avverte i segnali di incoraggiamento al rimorchio *off-shore* che tutti noi gli rivolgiamo dietro le sue spalle.

Marco fende il giardino come un coltello nel burro, salutando a malapena personaggi molto in vista nella Roma bene, tipi e tipe che mia madre e mio fratello pagherebbero oro per conoscere. Un po' parla con Ludovica, ma più che altro se ne sta con noi, ridendo di un ambiente in cui ci mischiamo come si può mischiare una goccia d'olio in una brocca d'acqua.

In particolare Quirrot e Fochetti, abituati alle carneficine cui abbiamo assistito negli anni passati, non riescono neanche a classificare come *festa* l'evento.

"Guardali, Ranò," mi dice Quirrot, "le ragazze hanno tutte capelli liscissimi e si vestono come cinquantenni. Dicono che stanno a una festa perché tengono un bicchiere in mano e parlano con piselloni pieni di piscio laureati, tutti con sigaretta o bicchiere in mano, tutti con capelli lunghetti che scendono sugli occhi."

"Sai che c'è?" osserva Fochetti. "A parte che Navarra vuole fregarsela, ma che ci fa la madre di Ludovica alla festa?"

"Boh?" replica Bonetti. "Sta sempre tra le palle. Se guardi bene c'è anche il padre, lì in quell'angolo, che scherza con quei tipi."

"E quelli chi sono?" chiedo io.

"Amici della sorella. In genere lavorano in banca a Londra e pensano che strisciare il cartellino a Pimlico sia molto diverso che strisciarlo all'Eur; sulla base di questa convinzione sfasciano i coglioni a tutti raccontando dove vanno a mangiare durante la pausa pranzo."

A immediata conferma, squillante emerge la voce del padre di Ludovica che, passato un braccio attorno alle spalle di uno di questi ragazzotti, gli suggerisce: "Devi provare The Dove, a Hammersmith Bridge; una bella birra seduto a guardare il Tamigi e poi ti fai due passi sul lungofiume. Vedrai che mi ringrazierai!".

Bonetti, come tutti noi, non si capacitava del fatto che a queste feste ci fossero spesso anche i genitori di chi aveva organizzato. Erano lì, non schiodavano, e anzi parlavano con gli invitati (di nulla) come se fossero tutti parte della stessa comitiva (e in realtà lo erano). I genitori dei festeggiati spesso cercavano il cuore della scena, ballando o raccontando barzellette al centro di un crocchio, o quantomeno attardandosi a chiacchierare con interlocutori e interlocutrici che di diritto sarebbero spettati alla generazione successiva.

Ci toccò anche la foto di gruppo davanti alla torta, scattata da un fotografo professionista, foto che Bonetti riuscì a evitare scendendo in spiaggia con Navarra, nonostante Ludovica (legittimamente, bisogna dire) lo avesse chiamato a squarciagola per ben dieci minuti.

Comunque: la fauna della festa ci guardava, commiserando la festeggiata che si era messa *"con quel boro"*, mentre nei nostri occhi di rimando si leggeva: "Ma voi, che cazzo campate a fare?".

Che poi per me non è facile ricordare senza ammettere che di lì a poco mi sarei trasformato in una goccia d'acqua nella suddetta brocca.

D'altronde, non avevo la sicurezza di Bonetti. Ma come faceva a sapere che tutti gli invitati di quelle feste sarebbero scomparsi nel nulla? Che le banche di Londra avrebbero semplicemente fatto la fine delle banche di New York, o tutt'al più sarebbero sopravvissute come quelle di Milano? Come faceva a sapere che si poteva "arrivare" pur facendo a meno di quegli ambienti, di quei linguaggi, di quei riti?

Non lo so. Forse era una consapevolezza che gli avevano dato i genitori, o quei libri che aveva preso a leggere senza sosta, o quei film che vedeva murandosi per ore dentro ai cinema d'essai. O forse era scritto nel suo Dna di indomito cacacazzi.

Fatto sta che crescendo non tradiva il se stesso di ieri, lo rendeva solo più forte. Io invece avevo paura di prendere una strada diversa dagli altri, e se accanto a me avevo il nipote di un'eccellenza non ero a mio agio. Dovevo fargli sapere che ero pronto a rendergli omaggio. Bonetti ci teneva a fargli capire che non se lo cacava proprio.

Una volta, appena laureato, finì non so come a un vernissage cui era stata invitata la crema dell'intellighenzia romana. In mezzo alla folla vide passare un vero mostro sacro della nostra cultura, un monumento vivente della sinistra colta, ricca e altera, il sen. prof. Everardo Gentili. Il professore girava lentamente per la galleria masticando un mezzo toscano spento, sottobraccio alla sua splendida fidanzata irlandese, più giovane di almeno vent'anni. Giacca di velluto verde a coste sopra un maglioncino di cachemire, camicia con colletto button-down (sbottonato), jeans Levi's e vistose scarpe da ginnastica. Occhialetti da vista appesi al collo, chioma argentata disordinata ma tirata all'indietro, come se fosse arrivato in Vespa. Gentili veniva preceduto e seguito da una gran massa di persone. Commentava i quadri e scherzava con l'artista, e quest'ultimo lo scortava di opera in opera arrotando l'erre moscia per plaudire alle sue osservazioni. A ogni fiato di Gentili seguivano motti accondiscendenti di una numerosa corte, svelta a ridere alle sue eventuali battute (alcune obiettivamente molto buone).

Bonetti non riuscì a presentarsi, tantomeno a parlarci, e finita la serata se ne tornò a casa dai genitori rimpiangendo l'occasione persa. Poi però, a letto nella sua stanza, la notte, rivisse il pomeriggio. Quanta gente c'era intorno a Gentili, quante persone gli avevano parlato, si erano presentate, gli avevano stretto la mano? Tantissime. Impossibile che lui le ricordasse tutte. E allora non poteva essere uno di loro?

Quel genio rovesciò la situazione e trasformò la sua trasparenza agli occhi del senatore nella sua arma vincente. Prese carta e penna e cominciò a scrivere: "Egregio professore, come Le accennavo ieri sera al vernissage del comune amico, sarei felicissimo di avere un colloquio con Lei. Amo il cinema, e il mio sogno è diventare regista...".

La settimana dopo Marco ottenne un appuntamento con il maestro Cappuccini, vecchio amico di Gentili, e da lì cominciò la sua scalata.

Potevi essere un portiere sfregiato a Mostacciano, un commercialista arrogante a Vigna Clara, o un senatore supponente a via Margutta: Bonetti ti si beveva.

Come una Dyane che non sopporta di stare dietro a una Ferrari, e la supera.

Notti magiche

A questo punto, dottoressa, ci starebbe bene un quadro della mia generazione, ma non sarei figlio dei miei tempi se lo tratteggiassi. So bene che non condivido le mie scelte con quelli della mia età: le mie scelte sono solo mie. Degli anni ottanta si ricorda solo l'attenzione al particolare, la superficialità, e io stesso viaggiando nel tempo in questa notte senza sonno ho pensato a specchi solari, lampade Uva, palestre e discoteche, quelli però furono epifenomeni, episodi. In realtà secondo me quella è l'epoca in cui si sviluppa il concetto di responsabilità personale: sono ciò che faccio, sono il mio comportamento. Scelgo chi sono e porto avanti il mio personalissimo progetto, che ha diritto di essere perseguito come quello di chiunque altro.

E allora le confesso che sono un po' imbarazzato, dottoressa, a raccontarle il prosieguo della vicenda, e capisco che il mio avvocato se ne stia là lanciandomi occhiate disperate, ma io so che può comprendere e motivare i fatti che sto per raccontarle solo se riesce a condividerne la genesi profonda. Solo se lei riesce a entrare in empatia con le nostre teste, con i nostri cuori per una sera tornati a battere al ritmo di Shock the Monkey.

Ieri sera, fuori da quel pub del centro dove ho raggiunto i miei vecchi amici, al tavolo vicino al nostro si sono sedute tre tipe di Brescia. E mi dispiace di nuovo dover ammettere che tutto nasce da questo. Mi dispiace non poterle raccontare di vicende nate da una nostra necessità profonda di dar sfogo a un'emozione più alta. Mi dispiace non potere argomentare che ci ha spinto a stare insieme ieri sera una ragione più nobile, ma noi siamo quelli che siamo, dottoressa, e per noi sentire parlare le tre bresciane fu un segnale del cielo. Il dio che guida dal profondo dell'universo le nostre vite in quell'attimo ci ha detto: ehi, voi. Volete ricordarvi di quando eravate unici? Volete ricordarvi di quando avete capito come scalare le vette del mondo? Eccovi in dono tre amiche. Le quasi-quarantenni bresciane.

E di lì fu un attimo.

Camminavamo per Roma centro. Navarra, dinoccolato e scattante come sempre, con un assurdo zainetto patchwork sulle spalle guidava il gruppo con la bresciana bionda; io e Bonetti attorno a quella snella dai tratti balcanici, Fochetti impalato a fianco della terza, una signora perbene piccoletta, forse un'insegnante, che sembrava però quella di miglior carattere, e pareva persino poterlo gestire. Lui naturalmente era ammutolito come ai bei tempi e la fissava minaccioso. Bonetti rideva, io in stato di grazia divenni la stella polare della mia bresciana. Perché io con le ragazze ci sapevo fare; e il vecchio leone ieri, sul Campo de' Fiori, ruggiva che era una bellezza.

Ieri sembrava che tutto fosse tornato a posto, così come doveva essere.

Notti magiche, dottoressa.

Notti magiche.

18.

Carlo Cipolla (che non era un mio compagno di scuola, ma un grande economista) sosteneva che la probabilità che una certa persona sia stupida è indipendente da qualsiasi altra sua caratteristica. In pratica si trovano gli stupidi in qualsiasi contesto sociale, professionale, economico. Ci sono stupidi tra i ricchi, tra i poveri, tra gli scienziati, tra i giocatori di calcio. Persino tra i Nobel. Rovesciando il ragionamento, possiamo però affermare che sempre, in ogni contesto, si può contare sulla presenza di un certo numero di persone in gamba.

E Bonetti, che sapeva individuare gli stupidi, arrivava sempre per sottrazione a riconoscere anche quelli in gamba.

Lo chiamavamo Terminator, perché analizzava le persone come con uno scanner. Sottraeva i vestiti, la pettinatura, il cognome, gli atteggiamenti e le parole. Tutto ciò che in genere la gente usa per giudicare, insomma.

Di ognuno restava uno scheletro, e a quello Bonetti parlava, e quello valutava.

Ecco perché all'università la sua ricerca di un nuovo gruppo con cui condividere il mondo durò relativamente poco: perché le aule, i corridoi, persino la piazzetta brulicavano di persone interessanti. Bastava guardarsi intorno con gli occhi di Terminator.

Le persone interessanti avevano forme, linguaggi, colori diversi dalle presunte élite che occupavano la piazzetta e vivevano una loro vita parallela e multiforme.

Innanzitutto c'erano i fuorisede. Vivevano da soli e se la spassavano alla grande. Feste, musica, grandi mangiate, sesso.

Poi c'erano i "normali", pane per i denti di Bonetti. Ragazzi che venivano da quartieri borghesi, o popolari, o dalle zone bene della città, tutti decisi a ragionare con la propria testa. Non seguivano mode particolari, amavano sia studiare che divertirsi, e soprattutto avevano cognizione di quanto i genitori stessero spendendo per farli studiare in quel posto. Si divertivano finché era possibile, ma poi scomparivano a uno-due mesi dagli esami e si facevano il mazzo. Prendevano il loro 28, il loro 30, se serviva anche 26 o 27, e poi ricominciavano con una vita che non prevedeva per forza file davanti alla discoteca sperando che il proprio nome fosse in lista, o serate passate poggiati a un pianoforte a coda mentre il Jerry Calà di turno suonava *Maracaibo*.

I ragazzi e le ragazze con cui giravo io non lo capivano, troppo occupati a ridacchiare di come si era vestito questo e com'era pettinato quell'altro. Io invece, col tempo, mi ero accorto di cosa stava succedendo. Bonetti aveva ripreso il largo e stava andando oltre il periodo aureo che avevamo vissuto insieme: si stava costruendo un'altra dirompente fase di scoperta e avventura. Cresceva, sperimentava, cambiava e imparava. Diventava migliore, ancora, mentre io rimanevo parcheggiato tra le linee tracciate dalle regole di vita di un gruppo di incapaci.

"Io da grande voglio essere Barnazzi," gli dissi una volta mentre studiavamo insieme Diritto pubblico. Con noi c'era anche Claudia Palazzi, sbucata fuori dal nulla, o meglio dall'agenda di Marco, che non perdeva mai i contatti con nessuno. Lei studiava alla Sapienza, ma aveva il nostro stesso esame, ed eccola a casa di Bonetti. Bellissima come sempre, brillante ma un po' triste, come sempre. Probabilmente, se l'aveva ripescata, Marco ci voleva provare.

"Ma chi, il professore?" chiese Marco.

"Eh. Quello sta in venticinque consigli d'amministrazione e si porta a casa almeno dieci milioni al mese."

"Robe', quello finisce in galera nel giro di qualche settimana."

"E come no! Ma se quello sta così con Forlani!" dissi avvicinando gli indici a significare prossimità politica e umana, e chiosai: "Ma che cazzo dici...".

"Senti," fece Bonetti, "secondo me questi non reggono. Prendi proprio Barnazzi: avrà milleduecento anni. Quando parla non si capisce niente. Come assistenti s'è preso due fregne e tre di quelli che organizzano le cene di Sbardella. Ma che è un professore uno così?"

"Il mondo è questo, Marco... Ti devi svegliare. Se un giorno vuoi intascare i tuoi bei quattro milioni al mese fatti piacere Barnazzi, cocco! Magari ti prende come assistente anche a te."

"Il tuo sogno corrisponde all'ammontare di un bonifico?" si inserì Claudia. "Stai messo bene..."

"Il mio sogno è quattro pippi al mese e Ciarrapico ministro del Tesoro!" risposi, provocatorio.

"Meglio alla Sanità. Te lo spiega Barnazzi il motivo," chiosò Bonetti.

Il nostro diverso destino non lo disegnavano i libri che studiavamo insieme. Ma tutte le altre scelte che ci dividevano.

"Ma perché," provai a uscire dall'angolo, "a te i soldi fanno schifo?"

"Mi piacciono eccome! Mica sono ricco io. Non mi posso permettere di disprezzarli."

"E allora vedi? Fatti piacere Barnazzi, che quello, se ti aiuta, te li fa fare."

"Torno a dirti che lo arrestano... Non è il cavallo giusto su cui puntare."

"Sei comunista, Bonetti?" gli chiese Claudia.

"No."

"Vediamo. Ti faccio un test!" e Claudia, che di base era matta come un cavallo, prese carta e penna per segnare le risposte di Bonetti. E iniziò l'interrogatorio.

"Sei ricco?"

"No."

"Invidi i ricchi?"

"No."

"Perché?"

"Perché se hanno i soldi a me non crea nessun problema. Anzi, meglio per loro."

"Qual è uno stipendio giusto?"

"Quello che uno si merita."

"E se è tanto alto?"

"Se è meritato e ci si pagano le tasse, no problem."

"Ma tu vuoi diventare ricco?"

"Ricchissimo!"

"Perché?"

"Per essere libero. Per poter fare cose."

"Dimmi un'ingiustizia che ti fa soffrire."

"L'Africa? Il Sud America? L'ozono? Le foche?" mi inserii io per prenderlo per il culo.

"No. Mi farebbe soffrire essere costretto a vivere una vita che non valga la pena di essere vissuta," disse lui, serissimo e lanciandomi uno sguardo obliquo come una coltellata.

"Che poeta!" ma il colpo era andato a segno. E aveva fatto male.

"E cioè?" Claudia tentò di riprendere il pallino, ma ormai era un duello tra me e Bonetti.

"Senza esperienze," fece lui.

"Oddio! E come pensi di farle? *Vedendo gente? Facendo cose?*" Rivoltargli contro Nanni Moretti era una splendida perfidia.

"No. Te l'ho detto. Devo guadagnare bene..."

"Lo vedi? Viva Barnazzi!" mi inserii.

"...E poi devo alimentare la mia fantasia."

"In che modo?" fece Claudia, che chiaramente parteggiava per lui e tentava di alzargli le schiacciate.

"Viaggiando, leggendo, studiando."

"Bravo! Sottoscrivo!" provò a concludere Claudia.

"Vedi? *Vedendo gente... Facendo cose...*" storsi il naso.

"Guarda che non è obbligatorio frequentare teste di cazzo e andare a cena al Tartarughino per vivere bene." Era diventato un incontro di boxe.

In effetti io ormai andavo a cena in locali alla moda con compagne di classe ventenni fidanzate con avvocati trentenni. Giovani offerte in dono dai genitori a notai e commercialisti che sembravano poter garantire loro un futuro di circoli e lampade. Bonetti non mi criticava, ma con me non usciva più. Nel baratro lui non ci voleva finire.

"Non siamo più a scuola, Marco... Svegliati... Il tempo delle canne a casa dei fuorisede è finito," attaccai.

"Pòrtatelo un po' di fumo a Villa Miani, che gli fa bene a quei coglioni."

"Ragazzi, basta dai!" provò a intervenire Claudia vedendo che l'aria si faceva pesante.

"Marco, datti da fare che se continui a sognare di cambiare il mondo finisci a dormire sotto i ponti..."

"Io voglio cambiare *il mio* di mondo. Tu vuoi andare a vivere in quello di Bepi e Cocò... Be', bisogna riconoscere che non ti sei dato un obiettivo difficile."

"Ma vaffanculo, va'."

Aveva vinto lui. Ma all'epoca non lo capivo. Il pragmatismo ha il potere di farti conquistare i sogni, ma anche di farteli dimenticare. E io avevo dimenticato i miei: stavo diventando cinico e arrendevole.

Dopo quel pomeriggio non ci sentimmo per un bel po'.

Secondo me sbagliava tutto. Bonetti rifiutava le regole del nuovo gioco e si nascondeva tra sfigati che non sapevano come si stava al mondo. Io mi ero fatto la Golf cabrio, navigavo nei biglietti gratis per l'Hysteria, per il Veleno, per il Mais... potevo uscire per un mese di seguito senza tirare fuori una lira. Passavo intere nottate al Talent Scout, sul palco con decine di persone che dondolavano tipo tergicristallo, battendo le mani al ritmo di "O mare nero o mare nero o mare ne...".

Organizzavo partite di calcetto con i miei nuovi amici del circolo, conoscevo i migliori ristoranti di Roma ed ero la gioia di mamma e papà. Mentre vivevo le mille luci romane studiavo comunque sodo e non perdevo il passo. Collezionavo 30 e 30 e lode, e a qualsiasi prof aveste chiesto, di Roberto Ranò non avrebbe potuto che dire un gran bene.

È doloroso accorgersi in ritardo di aver sbagliato così tanto.

In quegli anni in realtà mi foderavo la bara. Abbandonando il mio migliore amico abbandonavo la mia storia, e me stesso. Mi consegnavo al mondo come era, mentre lui, ostinato e determinato in maniera insopportabile, lo ritagliava a sua immagine. Per farlo si muoveva come un guerrigliero, in compagnia di *tupamaros* come lui, in una instancabile campagna fatta di punti di vista. Agiva sul proprio campo visivo, demoliva e ricostruiva, cambiava il contesto che qui, subito, ora, soffocava il suo fiato.

Ma per fare tutto questo bisogna fregarsene del fatto che gli altri non ti capiscano, e a volte ti isolino. Bisogna essere molto sicuri di sé.

Mi torna in mente un episodio che risale ai tempi delle elementari. Saremo stati in seconda, forse anche in prima. Marco passò il pomeriggio da me. Avevo una casa molto grande, con lunghi corridoi per i quali correvamo in monopattino. Sua madre lo venne a prendere, la mia la fece accomodare e poi le mostrò la casa. Lei guardò le quattro stanze da letto, il salone, il salotto, la cucina e i tre bagni, serena e sorridente come è sempre stata da quando la conosco. Le piacque tantissimo. Poi, allacciando il giubbottino a Marco all'ingresso, nell'andare via, si rivolse a me:

"Roberto, mi raccomando. La prossima volta vieni tu a casa nostra e...".

Marco la interruppe: "Ma casa nostra è molto più piccola!".

E lei, sorridente: "Vorrà dire che invece di correre per i corridoi salterete in salotto!".

Il gioco dei punti di vista si comincia a giocarlo da piccoli. Non voglio dare la colpa ai miei, ma io ho cominciato ad allenarmi tardi, e solo con Bonetti.

E mentre l'università si avviava alla fine, stavo perdendo il mio allenatore.

19.

Come ho fatto a finire a Rebibbia?

Il ricordo più nitido è di qualche ora fa, nel loft al Porto Fluviale. Fochetti urla: "Dobbiamo andare via, dobbiamo andare via!". Fuori il suono delle sirene, dalla camera da letto esce Navarra mezzo nudo e chiede: "Ma che cazzo sta succedendo?".

Già, bella domanda. Ma io lo so qual è la vera domanda cui devo rispondere. La vera domanda è: perché ho accettato l'invito di Bonetti ieri sera?

L'ultima volta che lo avevo fatto, e fu una delle nostre ultime serate insieme, era per un fine nobile. Dovevo accompagnarlo da Mario Cappuccini, regista simbolo del cinema impegnato anni settanta. Li aveva messi in contatto Gentili, e Marco doveva esordire a cena a casa sua.

"Ti prego, Robe', vieni con me. Non so con chi andare. Che vuoi, che lo dica a Gallo? Che mi porti Fochetti?"

"Vedi che ti serviva Ludovica?" gli feci notare. "Con lei facevi un figurone."

"Ma che sei scemo? Questo è intellighenzia pura. Una pariolina a casa sua Cappuccini non l'ha mai fatta entrare. Lei comincerebbe a urlare come Damien in chiesa, e lui davanti a lei si dissolverebbe come un vampiro al sole. E poi Ludovica ormai è cosa tua..."

Qui aveva ragione. Ma io che c'entravo a casa di Cappuccini? C'eravamo appena laureati, e ormai viaggiavamo su percorsi separati, ognuno nel suo mondo. Ci vedevamo poco, ci sentivamo poco. Eravamo ancora legati, ma il legame si stava sfilacciando.

Eppure un paio di giorni dopo mi ritrovo all'ultimo piano di un palazzetto antico vista Colosseo, davanti alla porta del grande regista Cappuccini, maestro indiscusso del cinema "a carattere esistenziale e introspettivo" (nella definizione di Bonetti). Io con una bottiglia di Brunello riciclata da un cesto di Natale dei miei, lui con un mazzo di fiori per la moglie.

Partiamo bene: Cappuccini è gay, e ci apre il suo compagno, un giornalista francese che avevo visto un paio di volte al *Costanzo Show* rivendicare i diritti degli omosessuali. Bonetti fa la prima cazzata e, chiaramente preso alla sprovvista, gli porge i fiori. Per fortuna lui è uomo di mondo e li accetta sorridendo.

"Mariooo! I tuoi giovani amici!"

Cappuccini si presenta in camicia bianca, pantaloni neri e infradito etniche. Ci saluta con gentilezza, poi ci accompagna in terrazza dove un cameriere in livrea veglia su una tavola apparecchiata per dodici. Siamo gli ultimi, gli altri ci stanno aspettando con in mano un aperitivo. Altra bella figura di merda.

Siamo a giugno, la serata è caldissima.

La formazione è così composta: io e Bonetti (io scarpe da barca, pantaloni blu e Brooks Brothers bianca; lui una inguardabile Lacoste a righine infeltrita, pantaloni da due lire e scarpe di gomma Yachting Club che solo a guardarle si sente la puzza); la ex moglie di Cappuccini con la figlia (adolescente, sui quattordici anni); la contessa Arzivagli (età presunta 1600 anni) e il professor Valassi (1602), editorialista di "Repubblica", che neanche ci degna di uno sguardo. Poi il presidente di un'industria di stato che non ricordo (tipo Saipem, o Efim) e tre deputati Pci (o post-Pci) indistinguibili l'uno dall'altro.

Durante la cena Valassi e il presidente discutono in latino (giuro), chiedendo ai commensali di giudicare chi lo padroneggi meglio. La Arzivagli, sorda come una campana, è seduta di fronte a noi e chiede (urlando) a uno dei deputati, suo vicino di tavola: "Ma questi due ragazzi che ha invitato Mario sono omosessuali anche loro?"; il vicino, per nulla turbato dalla nostra presenza a due centimetri di distanza, le risponde (sempre urlando, per farsi sentire): "Non credo, contessa. Penso siano due giovani aspiranti attori".

"Ah," fa lei alzando le palle degli occhi verso di noi, ma restando ingobbita sul piatto.

Noi, naturalmente, muti.

Finché la ragazzina, camicetta etnica bianca e lunghi capelli neri che le arrivano fin quasi al gonnellone a fiori, tira fuori un sacchetto. Vuole raccogliere le nostre donazioni. La mamma spiega alla tavolata che "la donazione è per Isa Raui".

Tutti annuiscono, ammirati, e si complimentano con la giovane.

Bonetti mi guarda. È a fianco a me, e non serve che parli. La domanda sottintesa è: "Chi cazzo è Isa Raui?".

Non ne ho idea, non gli rispondo, tanto ormai è fottuto.

Valassi, rivolgendogli la parola per la prima volta, gli chiede: "Lei si era mai mobilitato prima per Isa Raui?".

Bonetti poi mi spiegherà di aver pensato che Isa Raui fosse una cazzo di Nobel per la pace, una poetessa, una qualsiasi perseguitata di una qualsiasi parte del mondo. Ed ecco l'eccesso di sicurezza. Si gioca il tutto per tutto, sbarella e si butta: "No, mai, finora. D'altra parte non credevo ci sarebbe stata un'accelerazione così drammatica nella sua vicenda".

Errore da penna rossa, è evidente. Valassi prima prova a capire la sua risposta, poi evidentemente comprende l'arcano. Lo guarda schifato e non aggiunge una parola. Si volta e riprende a parlare con il presidente.

Perfino noi capiamo di aver fatto un disastro e non sappiamo neanche perché. Tiriamo comunque fuori dieci cazzo di mila lire a testa e le infiliamo nel sacchettino della fricchettona baby.

La serata continua, noi muti come pioppi, gli altri a fare gossip su personaggi che non pensavo neanche esistessero davvero, per me erano sempre stati concetti astratti: direttori di giornali, alti magistrati, il presidente della Repubblica e (non scherzo) il Papa.

Alla fine Cappuccini invita Bonetti nel suo studio e ci scambia due parole. Gentile, davvero. Un signore. Gli chiede di mandargli i suoi lavori, lavori che evidentemente lo colpiranno molto se è vero che, nonostante il pessimo esordio, alla stima del maestro Cappuccini Bonetti deve quantomeno l'avvio della sua carriera.

Dopo il colloquio, durante il quale sono rimasto da solo a fumare in un angolo della terrazza, andiamo via. Valassi non ci dà neanche la mano, alcuni degli altri probabilmente si accorgono solo mentre li salutiamo che eravamo seduti alla loro stessa tavola. La contessa russa su una poltrona in vimini.

"Popolazione sahariana che da anni lotta per la propria indipendenza": ecco chi cazzo erano i saharawi! I saharawi, non Isa Raui. Lo scopre Marco appena arrivato a casa, e mi chiama subito per dirmelo. Figura memorabile, che da sola vale la serata. E che per una notte ci fa dimenticare che non abbiamo più nulla da dirci.

Comunque. A Cappuccini l'anno scorso ho curato una successione di un lontano parente, e lui ovviamente non mi ha riconosciuto. Lo guardavo e pensavo ai saharawi.

E a quanti anni avrà compiuto a questo punto la Arzivagli.

Colonna (non solo) sonora

Sandra e Raimondo (Sandra: "Tu hai un'amante!" – Raimondo: "Ma magari!"), *Happy Days* (Sunday, Monday, happy days), *Sandokan* (Sale e scende la marea), *Jeeg Robot d'acciaio* (Corri ragazzo laggiù – ma la cantava o no Piero Pelù?), *Lady Oscar* (di questa non ricordo nulla), *Heidi* (ti sorridono i monti, ovvio), *Ryu* (Un milione di anni fa, o forse due, c'era chi parlava al vento ed alle stelle).

Villaggio. Ugo Pagliai che cerca il segno del comando (o questo era prima?). La bambola etnica che si anima e tenta di uccidere Karen Black. *My Sharona. Belfagor.*

Mister fantasy. Tutti i Litfiba, ma soprattutto *Istanbul.* Diaframma (*Siberia*). Cccp.

Discoring, Superclassifica show, Be bop a lula.

Notorious, Wild Boys, The Chauffeur.

Ci vorrebbe un amico, Notte prima degli esami.

Albachiara. Battiato. *Luna. Semplice* (Come stare fuori dal tempo). *Balla. L'angelo azzurro. Polvere. Contessa. Il mare d'inverno. Adesso tu* (Nato ai bordi di periferia). *Lei verrà. Monna Lisa. 1950* (Serenella).

Colpo grosso, le ragazze Cin Cin. *Drive in.*

I quadri di Teomondo Scrofalo, Gianfranco D'Angelo, Has Fidanken, Vito Catozzo, il giumbotto e Passerano Marmorito, i Trettré. A esposizione.

Quella macchina qua devi metterla là.

Le tv private. Gigetto maghetto perfetto (era un mago nano, andava in onda – credo – su Telefantasy. Faceva i giochi con il pubblico e accettava le telefonate da casa, girandole in diretta. Primo episodio: copre una sveglia con un panno e chiede a chi telefona da casa: "Che ora è?";

impietosi, da casa rispondono: "È ora che t'alzi in piedi, a nano!".

Secondo episodio, che poi ho riletto pure in un libro dotto. Gigetto si presenta con un minuscolo barboncino, e da casa telefona un tipo che gli chiede: "A Gigge', ti sei comprato un alano?". Mi sembra che una volta, esasperato, Gigetto avesse sbroccato e avesse distrutto lo studio in diretta).

Ma forse non è successo, lo ricordo e basta.

20.

Sono un ricco professionista della Roma bene, ma non sono in carcere per una storia di escort, né per cocaina, né per tangenti. Ho quarantasei anni, due figli più o meno adolescenti attualmente in America per un campo estivo. Mia moglie Ornella è una brava donna, starà parlando disperata al telefono con gli avvocati, oppure sarà a pochi metri da qua, in fondo al corridoio, chiedendo di vedermi.

Ornella è molto intelligente. L'ho conosciuta quando alla morte della madre si era rivolta allo studio presso cui facevo pratica, e questo mi ricorda che al mio lavoro, in fin dei conti, devo tutto quello che ho nella mia vita. Denaro, amore, figli. E non è poco.

Ornella è cresciuta con la madre, una gallerista torinese molto colta e piuttosto gelida che le ha trasmesso una grande cultura. E nient'altro. Il padre è un importante psichiatra milanese divorziato, che dopo la madre ha avuto un altro paio di mogli. L'ultima è una tipa bonissima dell'Europa dell'Est che avrà vent'anni meno di me. Il prof è un tipo grottesco: capelli tinti, pelle viola di lampada, camicie sbottonate sul by-pass; si sposta con una costosissima spider. Mi sono sempre chiesto come faccia un essere raziocinante a diventare suo paziente.

Ho conosciuto Ornella quando era appena stata bocciata all'esame da magistrato, iniziava a fare l'avvocato, professione che poi ha interrotto per dedicarsi a tempo pieno a Chiara e Tommaso, i nostri figli. Forse per questo capisce la mia frustrazione.

Solo l'altra sera è andata in onda una conversazione esemplare. Eravamo sul divano, guardavamo *The Killing*. "Questo thriller è un mito!" ho esclamato a un certo punto. "Wow! Un po' di entusiasmo!" mi ha risposto ironica. "Sono contenta che ci sia ancora qualcosa che ti piace." Ho abbozzato un sorriso stanco, l'entusiasmo per il film già completamente affogato nel ritorno improvviso alla coscienza: "Che vuoi che ti dica? Mi stanno sul cazzo tutti, non amo il mio lavoro, non vedo niente di positivo all'orizzonte. C'è poco da entusiasmarsi".

"Be', per lo meno tu hai una scelta. Io vorrei essere contenta, ma non ne ho motivo. Tu ne avresti motivo, ma non lo vuoi essere. Io volevo lavorare e non l'ho fatto, tu lavori ma non vorresti. Tu non sopporti tuo padre e tua madre, che però stanno dietro l'angolo, io amerei i miei, che però non esistono." Questa veemenza non era da lei. A volte mi chiedo, e non da ieri, se si stia preparando a lasciarmi. Poi lo so che non succede, ma la paura ogni tanto ce l'ho. Non le darei torto. Odio tutto e tutti. Che compagno sono?

"Insomma... siamo fatti l'uno per l'altra!" ho provato a sdrammatizzare. "Due grandi potenzialità frustrate da un'ottima vita... E comunque il mio mondo, la gente del lavoro, quelli con cui usciamo non piacciono neanche a te."

"Può essere, ma io me ne faccio una ragione," la sua faccia era seria. "Tu non riesci a pensare ad altro."

Perché Ornella mi capisce. Pure se viene da un altro mondo rispetto al mio. Il problema è che ci siamo incontrati quando avevo già tirato giù le serrande. Sa a memoria tutti i racconti sui miei amici di scuola, ma non li ha mai conosciuti davvero. Quando è arrivata lei, stavano andando via loro. Ma soprattutto non ha mai conosciuto me come ero prima di perderli. E allora mi domando se mi amerebbe lo stesso, se fossi quello che sento di essere in realtà. E ancor più: io l'amerei, se non fossi lo sfascio che sono?

Perché lo sfascio che sono è conclamato, e non da oggi. Se potessimo segnare un continuum, io vedrei la mia vita come un piano inclinato che mi fa precipitare da Bonetti a Gallo. Uno sfortunato percorso dalla lucidità all'aridità.

21.

Da ragazzi, per allenarci alla durezza della vita costruivamo una nostra versione della realtà, più grottesca del vero. Rendevamo reale ciò che solo potenzialmente lo era.
Qualcuno di noi ha imparato in questo modo a disegnarsi
un destino diverso, adattandolo ai propri sogni. Qualcun
altro, a forza di scurire a parole la realtà, ha pensato che
quest'ultima fosse davvero una trappola terribile in cui è
destinata a cadere ogni velleità.
Naturalmente Bonetti era il primo qualcuno, io il secondo. Ma c'era anche un terzo tipo: Mariolino Gallo.
Gallo, quando andavamo in gommone, cacava in mare
seduto sul bordo, a poppa, sporgendo le chiappe a fianco
del motore (lo faceva mentre il gommone era in corsa, per
vedere se la cacca rimbalzava sull'acqua). In campeggio
girava con una vestaglia damascata, di quelle con i disegni
cachemire, ovviamente a pisello volante.
Tre, quattro anni fa mi ha chiamato per chiedermi se
potevo ospitare una ragazza moldava che non voleva far
vedere alla moglie. Non lo sentivo da almeno un lustro.
Non lo avrei più sentito per quasi altrettanto tempo. Da
quello che ho capito l'aveva fatta venire a Roma per farle
scegliere e ordinare, da un grossista amico suo, le protesi
mammarie che voleva regalarle, o che sarebbe meglio dire di cui intendeva fornirla. Ordinate le nuove poppe a
prezzo di realizzo, lei sarebbe tornata in Moldavia e sarebbe stato lui, successivamente, a portare i palloncini di
silicone a Chişinău. L'operazione di impianto infatti, nella capitale moldava, sarebbe costata meno. Praticamente
Gallo si montava (al risparmio) l'amante pezzo a pezzo.

Partiva col charter e con il pacchetto di silicone in valigia, per realizzare un convenientissimo bricolage del piacere. Una volta gli chiesi perché rimanesse con la moglie se la tradiva con un ritmo maniacale. "Perché abbiamo un figlio," fu la risposta.

"E questo non ti spinge a esserle un po' più fedele?" gli domandai.

"La devi vedere quando la domenica si aggira per casa vestita da presina," mi rispose. "Mi viene una rabbia..."

In effetti, una volta capitai da loro per vedere la partita, e... cazzo: lei, neanche brutta, un po' sovrappeso, aveva una tuta a fiorellini che la faceva sembrare proprio una presina. Ma non è questo il punto.

Prendiamo Edoardo, il figlio: con lui Gallo è duro, durissimo, insensibile. Anni fa, sotto Natale, ero presente quando gli fece quello che ai suoi occhi era uno scherzo divertente. Il ragazzino sarà stato in prima, o forse seconda, elementare. Mentre entravamo in casa si fece incontro al padre tutto contento. E lui, ridacchiando e dandogli un buffetto sulla nuca che somigliava più a una sberla: "Dedduccio! Ho incontrato Babbo Natale, mi ha detto che gli hai scritto una lettera di merda!". Il bambino, naturalmente, sbiancò, ma il padre degenere riprese: "...Dice che non si capisce un cazzo e non ti può portare i regali...". Intanto mi schiacciava l'occhio, ammiccante, come a dire: bello scherzo, eh? Mentre Gallo andava in cucina, a salutare la moglie, rimasi in corridoio con Edoardo, che evidentemente a Babbo Natale ci credeva ancora, visto che sembrava essersi trasformato in una statua di sale. Stava per piangere; bocca serrata, labbro tremolante. Cercai di recuperare, gli dissi: "Guarda che papà scherza...", e Gallo dalla cucina urlò: "Dimmerdaaaa!!".

È solo un esempio. Ma insomma, Gallo non è una bella persona.

Fa l'avvocato, anche se nessuno ricorda di averlo mai visto discutere la tesi. Questo non vuol dire certo che non sia laureato, ma di fatto nessuno ha assistito alla discussione. È stato per qualche anno impiegato presso una società di servizi – il cui titolare poi fu arrestato per non so quali motivi (mi sembra facesse una grossa cresta sui conti di un'università che gli aveva dato un incarico) –, è rimasto per un po' a lavorare nel settore, salvo poi dedicarsi alla professione forense. Credo che una volta si sia anche candidato alle amministrative, senza essere eletto ma raggranellando quel tanto di voti che gli hanno permesso di ronzare per qualche tempo intorno alla politica locale. Da lì comunque pare non abbia tirato fuori granché. Adesso ha uno studio dalle parti del Tuscolano e fa di tutto: civile, amministrativo, penale. Fa avanti e indietro dall'Europa dell'Est dove (dice) ha molti affari. Edoardo è sopravvissuto all'infanzia, ha ormai un sedici-diciassette anni.

Gallo era della F, amico di Salvietta e Quirrot. Stringemmo soprattutto in terza liceo, all'ultimo anno, in gita a Jesolo. Nel nostro albergo era finita anche una scuola di Barcellona, e lui trattava con un coetaneo spagnolo: "Voi vi fregate le nostre," offriva, pragmatico, "e noi ci freghiamo le vostre". E mentre mimava l'atto sessuale col palmo aperto, accennava con la testa alle nostre compagne di classe che si avviavano alla sala ristorante, ignare di essere appena state offerte allo straniero da un capotribù virtuale.

Fui io a imporlo a Bonetti, che non lo stimava affatto.

Un po' mi dispiaceva che rimanesse solo, un po' lo avevo frainteso. Credevo fosse come noi, che esorcizzasse cioè con il sarcasmo la durezza delle cose. Invece lui partiva già allora dal punto cui io sarei arrivato dopo molti anni e molte disillusioni.

Lui è un rappresentante di quello che Bonetti in un suo film definisce "il cinismo sordo", secondo lui la peggiore specie. È il cinismo senza senso di colpa, senza amarezza, senza tristezza. È l'aridità dell'animo. Io del mio cinismo ne soffro, Gallo del suo no. Non lo percepisce neanche come cinismo, lo vive come semplice e cristallina natura. Arido, diretto, calcolatore: è un amico terribile, ma pur sempre un amico. O pur sempre terribile.

Mariolino Gallo ha sempre avuto un'unica missione nella vita: scopare tutto lo scopabile, e far diventare scopabile qualunque cosa si muovesse. Ogni tanto ci riusciva, ogni tanto no. Non è questo il punto; il punto è che ovunque fosse, con chiunque si trovasse, cercava di girare le cose in modo *che si potesse anche fregare*. Da ragazzo già conosceva la sua fama e ne andava fiero, tanto che a scuola teneva sotto il banco un panetto di burro, rozza ma immediata citazione dell'*Ultimo tango*. Quando il prof di filosofia gli chiese una spiegazione lui rispose secco: "Non si sa mai".

Un pomeriggio di settembre, saremo stati ai primi anni dell'università, eravamo seduti sotto la statua di Garibaldi al Gianicolo. Avevamo parcheggiato la Polo e aspettavamo che passasse il tempo. Gallo, in un momento di esaltazione, mentre stavamo buttati ad aspettar la sera, ci faceva lezione di rimorchio.

"Io posso rimorchiare chiunque," esordì.

"E come no!" rispose Bonetti, divertito.

"È chiaro. Certo, per venire con me una donna deve essere *fallata*, ma le *fallate* sono tante."

"Che cazzo vuol dire *fallata*?" domandai.

"Deve avere un problema, un cruccio, un disagio. Io su quello lavoro, e la rimorchio."

"Cioè," tradusse Bonetti sempre più intrigato, "lavori sulle loro debolezze, non sulla tua forza."

"E certo!" rispose Gallo con grande serenità, come se stesse dicendo la cosa più ovvia del mondo. "Non sono bello e sono povero, ma una testa ce l'ho... Se voglio scopare devo darmi da fare. Devo usare il cervellino!" diceva picchiettandosi la tempia con l'indice.

"E quindi," chiesi, "cosa fai?"

"Be', innanzitutto tengo su il ritmo. Non bisogna lasciare spazi alla *rimorchianda*. Occupo il suo tempo, ma anche i suoi luoghi e i suoi pensieri. Le saltello intorno."

"Vola come una farfalla, punge come un'ape!" citò Bonetti.

"E certo! Se no capisce che non sei un granché. Bisogna muoversi. E farla ridere, corteggiarla in maniera palese, ma scherzosa. Non deve pensare che sei bello tu, l'importante è che pensi di essere bella lei. Le dai una chance di essere quello che sicuramente sogna di essere."

"Teoria e pratica della fregata!" chiosò Bonetti.

"Più che altro teoria," aggiunsi, ma Gallo era inarrestabile.

"Vedi? Bonetti al rimorchio esagera, perché vuole strafare, come sempre. Tu stai là e ti fidi che sei belloccio, ma sbagli, perché passa uno come me e ti frega la preda. Perché la chiave è muoversi, e tu sei un sacco pieno, Ranò. Devi scherzare, fare autoironia. Non bisogna essere goliardici, ma è peggio essere noiosi. Devi inventare, devi dire bugie. *Lei* lo vuole!"

"*Deus vult!*" gridammo io e Bonetti, indicando il cielo. Ormai ridevamo a crepapelle.

Gallo continuava, impermeabile alle nostre ironie: "Inventare non è lecito, è obbligatorio. Un bel rimorchio può essere distrutto dalla verità, perché col rimorchio dalla verità si vuole fuggire. Se inizi a parlare dei tuoi sentimenti reali, dei tuoi veri problemi, se speri di aver trovato in una sconosciuta agganciata per strada l'amore della tua vita, *sei fuori*".

Ci sembrava un folle, ma forse era un precursore di Briatore su Sky. O un profeta.

"Nessuno," continuava, "ti chiede di dire la verità, tantomeno lei. Perché se amasse la verità saprebbe che ti deve allontanare. Se vedete Fochetti, spiegateglielo."

In effetti, da sempre, era Fochetti che quando ti sentiva dire a una sconosciuta (per esempio) che eri separato e avevi un figlio, oppure che avevi vissuto a New York nei primi vent'anni della tua vita (tutte cose che potevi inventare per renderti più interessante), ti gelava con un "ma che cazzo stai a di'?". Una volta ci fece scappare delle spagnole perché si era fissato che la discoteca in cui loro volevano andare era brutta. Era brutta davvero, ma a nessuno gliene sarebbe fregato un cazzo pur di portarci le spagnole: Fochetti, invece, alla verità ci teneva. Se era brutta, era brutta.

"Cari miei, sapete qual è la mia forza?" riprese Gallo. "Io sono libero, e il rimorchio funziona se si è liberi di testa. Se si affronta la sfida senza pensieri, se non si hanno rivalse da cercare, se non si hanno frustrazioni da sanare, se non si vuole a tutti i costi rimorchiare. Insomma, è un po' il discorso della banca, che dà i soldi solo a chi già li ha: rimorchia chi non ne ha bisogno. E io delle donne non ho bisogno."

"Boom!" fece Bonetti. Io non riuscivo più a parlare, stavo soffocando dalle risate. Gallo troneggiava su di noi, in piedi sotto il sole, sudato come un maiale. Piccoletto com'era, si agitava e straparlava. Sembrava un avvocato durante l'arringa, o forse più Joe Pesci in *Mio cugino Vincenzo*. "Ma che cazzo parlo a fare con voi?" concluse, sconsolato. "Due signorini teste di cazzo che si aggirano per cene e cocktail. Io sto parlando del rimorchio su strada, il più difficile in natura."

Intendeva quello di Verdone nel *Gallo cedrone*, con te che passi in macchina e abbassi il finestrino per parlare a una sconosciuta. E sul fatto che fosse difficile era impossibile dargli torto.

"Parlo del rimorchio allo stato puro: fermi una e attacchi bottone. Si gioca a carte scoperte. Non esiste paravento dietro cui nascondersi. Il rimorchio su strada è senza rete. Non è che se lei è fredda cambi discorso o ti sposti con un bicchiere in mano a un altro capo del salone da una coppia di amici. Qui, belli miei, non siamo alle vostre cenette del cazzo. Sto parlando di te che blocchi una e le rompi le palle perché vuoi fregare. E lei se accetta di parlare, quantomeno vuole divertirsi. Solo che per te divertirsi significa scopare. Per lei, non è detto."

"Sottile!" riuscii a commentare semisoffocato dal ridere.

Bonetti provocò: "Magari vuole solo divertirsi alle tue spalle".

"Se ti scarica," continuò lui senza ascoltarlo, "ti ritrovi in mezzo a via del Corso come un coglione. Non vai dalla padrona di casa a dire *ma che splendida serata*."

Poi ci guardò, con amabile disprezzo: "Ma che parlo a fa' coi re del pistacchio? Che parlo a fa'?!".

"Che cazzo c'entra il pistacchio?"

"Ai vostri cocktailini del cazzo: cara, posso offrirti un pistacchio? Ma grazie, Robbi, prendo anche una tartina, e ora Marco balliamo il minuetto! *e-ttarataratara!*" fece canticchiando in falsetto, e accennando a quello che evidentemente per lui era un passo di minuetto.

Fu Bonetti a riportarci alla realtà.

"E quelle?" chiese indicando pigramente tre sagome controsole, all'orizzonte. Affacciate alla terrazza del Gianicolo guardavano lo splendido panorama romano al crepuscolo.

"Stupende," commentò Gallo.

"Grazie a Dio," chiosai io, e ci alzammo.

Quelle che sarebbero passate alla storia come "le lupe" erano tre tipe di vicino Rieti arrivate a Roma per trascorrere il weekend. Noi avevamo una ventina d'anni, loro trenta e passa. Eravamo vicendevole manna dal cielo.

Le teorie di Gallo furono subito messe alla prova, e devo dire che fu un grande. Parlava, animava, scherzava, coinvolgeva, e soprattutto lavorava per il gruppo, trasformando un clima di mero tacchinaggio in una specie di giornata di fine vacanza. Era vero quello che ci aveva detto: con la chiacchiera faceva intravedere mondi, insufflava malizia ai discorsi, copriva ogni spazio vuoto con idee e argomenti, rendendoli sempre un po' piccanti.

Portammo le signore a bere un aperitivo a Trastevere, fingendo di scegliere il localino migliore tra i mille che conoscevamo (in realtà era un baretto qualsiasi in cui ci eravamo imbattuti: la lezione del Pellacchia). Bevemmo un bel po', il clima si fece nettamente favorevole e allora muovemmo le nostre pedine. Gallo aveva le chiavi della redazione di un settimanale parrocchiale cui collaborava il padre, fervente cattolico. Sostenemmo con le lupe che le avremmo portate in una discoteca, loro fecero finta di crederci e finimmo di comune accordo nei locali de "La voce di santa Teresa".

Sorpresa!

Chi nel magazzino degli arretrati, chi nella sala riunioni, chi nella sala d'aspetto, ognuno ebbe il suo daffare con la rispettiva lupa.

Solo che, onta delle onte, io e Bonetti portammo a casa il risultato; il professore di rimorchio comparato restò a bocca asciutta, perché al dunque una delle lupe si dimostrò essere un'algida aquila che non aveva alcuna voglia di assaggiare il burro di un ciarliero assatanato di un metro e sessantacinque.

Sulle prime il futuro avvocato la cui scaltrezza, anni dopo, mi avrebbe fatto finire in carcere al posto suo (ho pagato io quel trans, ieri sera, ma i soldi erano i suoi) sembrò assorbire bene il colpo. Guidava la sua Ritmo cabrio con a fianco la finta lupa e lasciava che io, Bonetti e le nostre ci sbaciucchiassimo pigiati sul sedile posteriore. Arrivato però sotto l'Hotel Globo, il monostella dove soggiornavano le lupe, al momento dei saluti, prima che le signore scendessero dall'auto, scandì con un certo *savoir-faire*: "Scusate, ci sarebbero i drink".

La *sua* dama intuì cosa stava succedendo e, allungando il collo e strabuzzando gli occhi, sibilò: "Prego?".

"I drink," ripeté lui sereno, "quelli di Trastevere. Abbiamo pagato noi. Sono diecimila lire a testa."

Io e Bonetti restammo muti. Guardavamo basiti il diabolico Gallo che stava portando a termine una vendetta chiaramente destinata a diventare leggenda per tutti gli anni a venire. Eravamo gelati, increduli davanti a tanta perfidia, ma consapevoli che stavamo vivendo un momento di storia.

"Ce li ridate?" chiarì Gallo tranquillo tranquillo, visto che le lupe erano rimaste paralizzate.

Le nostre compagne ci guardavano, noi fissavamo il parabrezza della Ritmo. Non volevamo mettere i bastoni fra le ruote a quel pazzo, ma non avevamo il coraggio di seguirlo esplicitamente su una linea così mostruosa. Indignate anche dal nostro silenzio, le lupe tirarono fuori diecimila a testa, le buttarono per terra e scesero dalla macchina con un definitivo: "Fate schifo".

Entrarono al Globo, e in macchina scoppiò l'applauso. Mariolino Gallo, mostro dell'anno, serrava le mani in segno di vittoria e raccoglieva il plauso della folla inchinandosi, voltandosi verso di noi, in ginocchio sul sedile davanti.

Notti magiche.

Ma il cinismo è come l'alcol: ti convinci di saperlo dosare, poi ne finisci vittima.

22.

Prima di partire per il campo estivo, Chiara mi ha chiesto se potevamo iscriverci a un sito di couchsurfing.
"Ma che è?" le ho domandato, un po' infastidito.
"Papà! Couchsurfing significa surfare da un divano all'altro. In pratica si dà su un sito la propria disponibilità a ospitare gli altri a casa propria (sul divano appunto, o nella stanza degli ospiti se c'è, o sul tappeto) e si chiede di essere ospitati quando sei tu che parti".
Pare esista davvero una cosa del genere, e così girano il mondo un sacco di persone. Mi ha fatto vedere tutto mia figlia. Su internet ci sono anche le foto di chi si offre. Ovviamente andranno a ruba le belle ragazze e i bei ragazzi, e sarà pieno di anziani marpioni che mettono a disposizione il proprio divano solo perché in mente hanno il pacchetto completo.
Noi, chiaramente, di divani ne abbiamo più d'uno. Anche la stanza degli ospiti, se è per quello. "Che ne pensi, papà?" Chiara si guardava intorno e vedeva già il nostro salotto trasformato in un bivacco internazionale. Io pure, ma con meno entusiasmo.
Cosa ho pensato? Ormai i pensieri mi scattano sulle situazioni come la molla della trappola sul topo che annusa il formaggio. Ho pensato subito che è un po' come dicevamo delle feste: al limite fatti ospitare, ma non offrire il tuo di divano. Ho pensato che chi ospita è un disperato che vuole conoscere qualcuno a tutti i costi o è uno che vuole scopare; chi viene ospitato è un figlio di mignotta che vuole scroccare ma in realtà non ha nulla da offrire oppure è a sua volta un disperato che vuole conoscere qualcuno grazie a internet.

Non l'ho detto però a Chiara, e ancora non le ho risposto, e questo lo considero un punto a mio favore. Ho ancora qualcosa di umano.

Da una parte, sono sicuro che non ho tutta 'sta voglia di invitare uno sconosciuto a sudare sul divano di casa mia (vera pelle). Metti poi che arriva un cinquantenne e inizia a raccontare quelle minchiate del genere "Io sono nato a Beirut, ho vissuto a Parigi, poi a Berlino e oggi sono qui. Domani? Chissà!"? Io lo inquadrerei subito, ma per dei ragazzini uno sfigato del genere potrebbe anche avere un suo fascino. Dall'altra parte, la vocina che dentro è rimasta accesa nonostante tutti questi anni mi dice che non posso frustrare la voglia di aprirsi al mondo di mia figlia.

Gallo questo problema non se lo porrebbe. A un passo dai cinquant'anni inviterebbe una studentessa e ci proverebbe. Speriamo anzi non venga a sapere della cosa, se no tocca far chiudere il sito.

Ma non è perché ero combattuto che l'altro giorno a Chiara non ho risposto. È perché in quel momento mi sono ricordato di quando mi fu chiaro che mi stavo perdendo. Lo capii perché gli altri viaggiavano, e io no.

L'università stava per finire, la vita reale si avvicinava, ma mentre il mondo degli altri si allargava, il mio si restringeva, fino ad assumere la forma di un tunnel. Ero rimasto appeso ai ricordi del campeggio di Capo Vaticano, mentre i miei ex compagni di avventure continuavano a viaggiare. Radunavano due lire e partivano. Bonetti e Navarra, negli anni dell'università, visitarono il Messico, il Belize, il Guatemala.

Glielo dissi a Bonetti: "Ma che sei scemo, parti con Navarra?".

"Perché, che fa?"

"Ma mica sei più un ragazzino... Quello ti fa arrestare."

"No, non credo... Ci starò attento."

"Non puoi starci attento, quello ti mette nei guai perché è pazzo. Ma pensi che ne valga la pena?"

"Ma di che parli, Robe'?"

"Di rischiare di rovinare tutto per un viaggio da ragazzino."

"Primo: che cosa dovrei rovinare? Secondo: perché da ragazzino?"

"Per fare un giro in pullman a San Cristóbal, per farti due canne all'estero ancora ti mischi con gente che può metterti nei guai."

"Hai ragione. Spesso lo penso anch'io. Ma sai che c'è?"

"Che c'è?"

"C'è che forse scopiamo, Ranò!"

E rideva.

Mi innervosiva questo suo modo di fare. Pensavo che Bonetti non volesse crescere, ma era il contrario. Quello che non voleva crescere ero io.

Mentre calcavo metro per metro le piazzette di Porto Rotondo, Porto Cervo, Porto Ercole e Portostaminchia, loro giravano il mondo, superavano confini.

Una volta arrivarono alla punta estrema del Guatemala sul Mar dei Caraibi, in un villaggio chiamato Livingston, dove erano gli unici due turisti. Dormirono in un albergo deserto. Ce li portò un indio con una barchetta risalendo un fiume, nel cuore della notte. Dice che non si vedevano neanche tra di loro, a un metro l'uno dall'altro. Caronte li avrebbe potuti derubare e buttare in acqua: nessuno lo avrebbe mai saputo.

In Martinica si blindarono dentro casa di un allevatore di galli da combattimento per ripararsi dall'uragano. Inchiodarono assi di legno alle finestre, come nei film. A Praga fuggirono dalla finestra di un albergo perché un pappone voleva derubarli. A Cuba si portarono Fochetti, che scoprì come il suo sguardo assassino avesse solo bisogno del contesto giusto per trovare chi lo apprezzasse. E poi Indonesia, Kenia e Cornovaglia, dove finirono i soldi e riuscirono a tornare in Italia con appena ventimila lire in quattro, fra treni, pullman e autostop. Passando per Amsterdam, già che c'erano.

Io difendevo quello che avevo, la mia vita, ma in realtà diventavo più povero.

Alla fine mi ero fidanzato anch'io con Ludovica. Quella della festa ad Ansedonia. Mi ci ero fidanzato sul serio. Lei mi aveva inserito in famiglia, e io mi facevo già le cene nel giardino della casa al mare con il padre e la madre, suo fratello, sua sorella e i loro figli, bambini che già a due anni si portavano bene la loro età. Che già venivano chiamati con soprannomi da criceto, non mangiavano un cazzo di niente e piangevano per ogni cosa. A settembre cominciavano ad allenarsi per cantare tutti insieme *Jingle Bells* il Natale venturo.

Il fratello di Ludovica, Federico (quello che sosteneva "L'educazione è non disturbare"), aveva preso una delle più grandi fregature della storia del genere umano, e si era sposato con una iena maculata di Genova, che ora vive a Boston con l'ortopedico che doveva rimetterle a posto la schiena (qui ci starebbe bene una chiosa di Fochetti). La sorella Lavinia era come Ludovica, ma con tre o quattro anni di più. Naturalmente era in competizione su tutto con la sorella minore, e lei il notaio già se l'era sposato; un buon diavolo, che ora frequento al circolo. So che lei lo tradisce con chiunque le capiti a tiro, ma è la classica cosa che se non sapessi non immaginerei. Quindi tengo questo particolare in un angolo della testa, e faccio finta che non esista. È così che si fa con i segreti scomodi. Si ignorano, ma si tengono a mente. Quando irrompono nella vita degli altri, sconvolgono tutti, ma non te, che già lo sapevi. E hai così un vantaggio.

Comunque: anche il marito si dà da fare, ma lui tendo a comprenderlo, perché la Lavinia che ricordo era una vera kapò. Dura, determinata, mai sorridente. Dal capotavola con sguardo severo e occhiate fulminanti dominava tre generazioni di deficienti. Coetanei, progenie e genitori.

I genitori di Ludovica, infatti, vivevano volutamente al margine. La madre-nonna lasciava fare, un po' perché la nazista aveva ormai ereditato il ruolo che un tempo doveva essere stato il suo, un po' perché pensava più che altro a se stessa: credo che si vedesse ancora bella e lasciasse vagare la mente per mondi ormai lontanissimi, che riteneva invece prossimi. Il padre-nonno se ne stava per lo più silente, limitandosi a non affogare nei dialoghi nonna-mamme-figli attorno a cui ruotava un desco che respirava esclusivamente di leziose attenzioni *ai bimbi*. Gli scambi base erano del genere "mangia la ciccia, amore!" oppure "fai la ninnuccia, caro!", come se il termine "ninna" non fosse già di per sé sufficientemente stucchevole. Ogni tanto il padre-nonno mi guardava; immagino cercasse da qualche parte dentro la testa un argomento da condividere. Ma non lo trovava, perché ovviamente io potevo mascherarmi quanto volevo, ma non ero uno di loro. Non potevamo manco parlare di calcio, perché lui amava solo il tennis; credo però che qui avesse delle attenuanti, perché almeno le ore passate al circolo gli permettevano di stare lontano dal poderosissimo pacchetto famiglia.

Ludovica sedeva orgogliosa a quelle tavolate e mi guardava col capino supplice piegato sulla spalla, come a dire: e noi, quando facciamo i nostri?

Mortacci sua, avevo ventiquattro anni.

La patata bollente

Allora, dottoressa: Navarra invita tutti a cena a casa sua, e qui scatta il primo duro confronto con la realtà. Io e Bonetti dovremo dire una mezza bugia a Ornella e Marta, mezza perché spiegheremo di stare a cena con Fochetti e Navarra, ma glisseremo sulle bresciane. Non capirebbero, purtroppo.

Dopo mezz'ora le mogli sono avvertite, e noi siamo a casa di Navarra. Lui è il nostro cinese che avevamo chiuso nel bagagliaio, e ormai lo abbiamo fatto uscire.

Mai vista una casa del genere. Un condominio nel cuore dei Parioli senza nemmeno un cognome sul citofono. Ogni appartamento è indicato da un numero con una lettera. Porte in legno vecchio, rovinato, pianerottoli non curati, con enormi macchie di umidità alle pareti.

Navarra vive al piano terra e il suo appartamento (una stanza da letto con un bagnetto e un soggiorno con angolo cottura) dà su un giardino piuttosto grande, sul quale però affacciano tutte le finestre (chiuse) del palazzo. D'accordo, siamo a luglio, ma Roma non è mai stata così vuota come quel condominio.

Navarra prepara il mojito, tira fuori le canne (ma dove cazzo troverà il fumo un uomo di quasi cinquant'anni? Lo va a comprare al muretto? Dice che è per il figlio?) e io fumo, ma inizio a guardarmi intorno caso mai ci fosse un qualche poliziotto appostato a fare foto. D'altronde, di Navarra non si sa nulla, viene dal misteriosissimo gruppo della sezione A. Per quanto ne so potrebbe anche essere diventato uno spacciatore internazionale ed essere inseguito dalla Criminalpol.

La pasta è pronta, tonno crudo e limone, ottima. E poi formaggi vari tirati fuori dal frigo. Vino bianco gelato, si vede che Navarra cavalca ancora l'onda.

Le bresciane bevono, sanno divertirsi, probabilmente anche loro cercano di tirare il fiato per una sera. Si sa dove si va a finire, e sia io sia Bonetti iniziamo a chiederci se ce la sentiremo, stasera, di tradire le nostre mogli. Finché è Navarra a togliere la patata bollente (eh eh!, mi scusi) dalle nostre mani.

Gli squilla il telefonino, parlotta, dice: "Sì, certo. Arrivo". Navarra ha una festa.

(Mi sembra che la pm a "patata bollente" abbia sorriso. Forse la linea di difesa più pazza del mondo sta funzionando.)

23.

Magari tutta questa vicenda si concluderà in un nulla, in un piccolo episodio dimenticato già tra qualche mese. Anche se è difficile, visto che c'è di mezzo un morto. E che morto. Mi viene da pensare che in carcere in questo momento ci siamo io e Fabrizio Corona. Lele Mora invece credo sia uscito. Schettino è di sicuro a piede libero. La Franzoni sta un po' dentro un po' fuori.

Eppure alcuni politici e imprenditori finiti dentro durante Tangentopoli poi hanno fatto strada, e nessuno ne ricorda la fedina penale. Molti anzi hanno costruito una carriera sulle proprie scivolate. D'altronde, per vivere bene basta fare la cosa giusta di volta in volta, più volte possibile, e ci si ritrova un vincente. La vita non è a eliminazione diretta, è un girone a punti. Chi ne fa di più, partita per partita, ha vinto. Ma si scopre solo alla fine.

Bonetti sapeva trasformare ogni ostacolo in una rampa di lancio. Non c'era mai stato modo di fermarlo. Quando arrivò il momento di fare il militare, come tutti noi provò a evitarlo. Andò da un amico del padre, un colonnello, spiegandogli che stava facendo l'ultimo anno di università e che temeva che la leva potesse fargli perdere occasioni di lavoro. Il generale concordò sulla diagnosi, ma propose una cura diversa da quella cui avevano pensato i Bonetti: fare il militare durante l'ultimo anno di università, in modo da non buttare via del tempo.

Fregato. Due mesi dopo era in macchina per il Centro addestramento reclute di Ascoli.

A Bonetti mancavano tre esami alla laurea, si era fidanzato da un po' con una tipa bellissima di cui non ricordo il nome ma ricordo che l'aveva conosciuta a un corso di sceneggiatura, e comunque, sostanzialmente, si stava avviando a quella che sarebbe stata la sua vita nei successivi decenni. Pizza, cinema, pochi amici ben scelti.

Ora, di punto in bianco, alle quattro di mattina due energumeni con i gradi da caporale entravano nella camerata e urlavano: "Svegliaaaaaa!!!! Giù dalle brande!!!!!!", passando il manico di uno spazzolone sulle ringhiere dei letti a castello. Dlaaan!! Dlaaannn!!!! "Svegliaaaaa!!! Giù dalle brandeeeeee!!!!"

Bonetti scendeva dal letto e si infilava la mimetica, per poi cominciare all'alba un'assurda e inutile giornata in compagnia di persone completamente diverse da lui e dai suoi amici. Uno dei più simpatici era un taglialegna di Taranto, analfabeta (nel vero senso della parola).

Anche io stavo facendo il militare, e lo vivevo come una violenta intrusione, una situazione straniante in cui si veniva gettati, in omaggio a regole ottuse e insensate. Bonetti in teoria concordava, ma in pratica usava quell'esperienza come uno stage, uno stage nel mondo reale. Se tra universitari capitava di dividersi sul significato di un film, o di un articolo, o di un libro, qui il senso recondito delle cose non faceva litigare nessuno, perché era sempre piuttosto evidente.

Una sera Varrillo José (Varrillo è il cognome, e José avrà avuto diciott'anni, tutti vissuti vicino a Caserta in compagnia di brutte, bruttissime frequentazioni) ascoltava lo stereo in camerata. Le camerate della caserma erano enormi stanzoni (cinquanta, sessanta metri) lungo le cui mura si susseguivano brande a castello alternate ad armadietti in alluminio. (In fondo ai corridoi erano i cessi alla turca; ricordo che tale Bortoli li usava come un water, sedendosi direttamente sulle pedane.)

Chiaramente le coppie nei letti a castello le stabiliva il caso. Bonetti dormiva sopra Renato Gazzara, un ragazzo piuttosto sveglio che lavorava a Pomezia nell'azienda di infissi del padre. Negli scalcagnati corridoi della caserma Macao di Roma si incontravano personaggi come Benedetto Coppini (un maestro d'orchestra di Viterbo diplomato a Santa Cecilia) e Leonardo Liuzzi (il taglialegna).

Bonetti era finito lì perché non aveva voluto fare l'ufficiale, per non allungare la naja. Come sempre, non si era fatto incantare dal fascino della divisa, e per lui soldato semplice o sottufficiale erano la stessa identica cosa, solo che il primo durava di meno. Hai voglia a organizzare cene in alta uniforme, a Bonetti non lo incastravi. Si sarebbe fatto il suo annetto in camerata, senza le cazzate alla Richard Gere, e poi avrebbe ripreso la sua corsa. Io, naturalmente, facevo la scuola ufficiali.

Ma eravamo a Varrillo che ascoltava lo stereo.

...M'ha fatto 'nnammura'
Quell'aria da bambina che tu hai
Nun me fa cchiu' aspetta'
O tiempo vola e tu peccato faje
Me fanno annammura'
Pure e capricce e smorfie ca me faje
Me fanno cchiu' attacca'...

Varrillo amava i neomelodici e quella sera ascoltava Nino D'Angelo a volume altissimo, perché gli andava così. Renato Gazzara gli urlò che era tardi: "Varrillo, ci fai dormire?". José non rispose, né toccò lo stereo.

Renato si innervosì e alzò a sua volta il volume della voce: "Oho! Varrillo!!! E spegni 'sta cosa!".

Varrillo senza dire una parola allungò una mano ad afferrare il pesantissimo lucchetto del suo armadietto, grande quanto un pugno chiuso, come quelli che serrano le catene dei motorini, e glielo tirò addosso con violenza. Mirando al volto.

Fortunatamente Gazzara fece in tempo a chinarsi, e il lucchetto gli passò sibilando sopra la testa per poi schiantarsi contro l'armadietto di Coppini. Bucandolo.

Non dissero nient'altro. Né José, né Renato (che si infilò sotto le coperte), né nessun altro. Lo stereo restò acceso ad altissimo volume per un po', poi, quando dopo un'oretta gli venne sonno, Varrillo lo spense.

La mattina dopo si svegliarono, come sempre, alle cinque e trenta.

Renato e José andarono a lavarsi i denti a neanche un metro di distanza l'uno dall'altro. Senza dirsi una parola. Chiaramente Gazzara si guardò bene anche solo dall'incrociare lo sguardo di Varrillo.

Diversi mesi dopo, però, arrivò all'ufficio documentazioni la richiesta di patente D presentata da Varrillo. I ragazzi come lui non avevano alcuna speranza di trovare un qualsiasi tipo di lavoro una volta conclusa la naja. Dunque assumeva per loro un valore enorme ottenere la patente D (quella per guidare i camion) cui avevano diritto al termine della ferma. Sarebbe stata in ogni caso un'arma in più per affrontare la lotta per la sopravvivenza che li aspettava una volta rientrati a casa.

La patente D spettava loro di diritto, se durante l'anno avevano svolto determinati ruoli, e anche a Varrillo sarebbe bastato solo presentare la domanda all'ufficio patenti, che era però, per sua sfortuna, l'ufficio presso cui lavorava Gazzara. Quest'ultimo, trovandosi fra le mani la domanda depositata da José, semplicemente la strappò e la buttò nel cestino. Da solo, nel suo ufficetto, senza essere visto da nessuno e senza che nessuno lo sapesse, aveva condannato Varrillo con una semplice mossa. Abituato a combattere per strada ma non negli uffici, José non seppe neanche che gli erano stati sottratti diritti e futuro, e la cosa finì lì. Semplicemente non ottenne mai la patente. Terminò la leva e tornò a Caserta.

Quanto avrebbe dovuto studiare Bonetti all'università per imparare quello che imparò da quel tentato omicidio rimasto impunito? E da quella terribile vendetta consumata a freddo?

Dal canto suo, passò l'intero anno lavorando all'ufficio movimento, un garage adibito ad amministrazione. Lì si autorizzavano le macchine a uscire dalla caserma, a fare il pieno, ad andare in riparazione. Ci lavorava con Virgilio Passile, un eroinomane di Bergamo che, subito dopo colazione, scompariva per andare chissà dove e si ripresentava all'appello prima della branda.

Era un posto tranquillo, destinato da sempre a militari studenti che volevano trovare il tempo per i libri. Era una stanza cupa, con una finestrella in alto a sinistra da cui filtrava poca luce. Alle pareti c'era una sorta di scaffale su cui erano tenute lunghe file di copertoni messi uno accanto all'altro. Io ero ufficiale nella stessa caserma, ogni tanto andavo a salutare Marco; spesso lo trovavo infilato dentro i copertoni che dormiva beato.

Prendevamo il caffè, io tornavo nei miei uffici e lui se ne andava a mensa con i suoi nuovi amici della caserma. Gino, Gustavo, Piero. Tre tipi simpatici con cui credo ancora si veda. Un aspirante avvocato, un cuoco che lavorava nella trattoria del padre, un rappresentante di commercio.

Il rientro in camerata per i soldati semplici era alle ventuno e trenta. Questi quattro si vedevano alle otto e mezza in un localino jazz che avrebbe iniziato a riempirsi due o tre ore dopo e ordinavano alla cameriera quattro Cointreau. Se li bevevano al tavolo, mentre fuori c'era ancora la luce del giorno. Scampoli di vita normale, come se gli mancasse. Come se non fosse evidente che stavano vivendo insieme l'ennesima indimenticabile avventura.

Il mio alibi

Vede, dottoressa, mi perdoni se apro un'altra parentesi, ma è importante che lei capisca lo stato d'animo con cui abbiamo affrontato la serata di ieri.

Il mio difetto è che penso di avere un alibi. Sono convinto che avere avuto un'adolescenza così effervescente mi abbia fatto toccare il cielo con un dito e che da allora io possa solo cadere giù. Il mio stato d'animo attuale mi porta molto a sognare: per esempio una vita parallela in cui, che so, scrivo un libro, o mi invitano al Bilderberg, o divento segretario generale dell'Onu. Mia moglie Ornella mi incoraggia, mi dice per esempio che potrei dedicarmi al volontariato, andare in Sud America, o in Africa, in una missione umanitaria. Lo farei, se non toccasse spostarsi da Roma, e se non volesse dire per me arrendermi all'idea che la mia vita non mi piace.

Invece, aver successo nel lavoro mi tranquillizza, perché è come se dicessi al resto del mondo: vedete? Non vi schifo perché sono un perdente e perché non riesco a mischiarmi a voi. Sono un vincente, ma vi schifo perché fate schifo.

L'altra sera sono finito a Torino a un convegno di avvocati, giudici, notai, operatori del diritto vari. Era un evento molto importante, c'erano colleghi di tutto il mondo, provenienti soprattutto dall'Europa dell'Est. Concluso il seminario si sono aperte le porte della sala e ci hanno travasato ai tavoli della cena offerta dall'organizzazione. Avevo una gran fame e non ho avuto la forza di andare direttamente in camera. Mi sono lasciato guidare dal flusso e mi sono ritrovato a un tavolo di colleghi liguri. Fortunatamente non ne conoscevo nessuno, e allora, pur di non dover fare conversazione, ho fatto finta di essere slavo.

Vede anche lei, dottoressa, che come slavo sono abbastanza plausibile: biondiccio, zigomi pronunciati. Appena mi hanno rivolto la parola ho balbettato "...io serbo, non capire...". Loro sono passati all'inglese, ma anche lì li ho fregati: "Sorry, me no spik English..." e ho aggiunto "...Don't worry... you spik, you spik...", per poi chinare il viso sul piatto. Ho mangiato antipasto, primo, secondo, contorno e dolce senza mai guardare in faccia nessuna delle otto persone al tavolo, che discorrevano tutte eccitate di rotture di cazzo immani riguardanti il nostro lavoro. Parlavano di persone che conoscevo benissimo, di problemi che avevo anch'io. Tutta roba di cui non mi frega niente, discussa da gente di cui non mi frega niente.

Finito di mangiare, li ho salutati, "good nightt", e me ne sono andato a dormire. E vaffanculo.

Scusi, dottoressa, mi perdoni il linguaggio.

Il fatto è che non mi servono nuovi amici, perché io ho Bonetti e Fochetti, anche se non li vedo da anni. Non mi va di andare alle cene, tantomeno a quelle in piedi, quelle piene di coppie che vogliono conoscere, fare nuove amicizie "interessanti" o "utili", o magari quelle di ceniste e playboy.

Sa chi sono le ceniste? Secondo Gallo – pardon, il mio amico l'avvocato Gallo – sono quelle single incallite che battono le cene in cerca di un uomo. Sono determinate, lucide, ambiziose, scafate, evitano le avventure inutili e scorgono opportunità di matrimonio come cecchini. Separati sì, vedovi sì, mariti in cerca di avventure no. Cedono solo sui playboy, loro dannazione. L'attrazione fatale per "quelli fichi" è ciò che ha impedito loro di costruirsi storie serie, una vita regolare. Purtroppo quando le ceniste vedono un playboy ci ricascano, e tornano al punto di partenza, come al gioco dell'oca.

È la maledizione di chi nasce tondo, che non riesce a morire quadrato.

Anche i playboy naturalmente (alla festa ce n'erano un paio) sono retaggi del passato, modelli fuori serie di macchine che ancora hanno numerosi estimatori, ma che ormai non si costruiscono più.

Io conosco soprattutto i modelli romani e milanesi, ma immagino che tutto il mondo sia paese. Secondo Fochetti i *playboy sono l'antiuomo, perché narcisi e inconcludenti. Fa l'esempio dei capelli. Secondo lui per un uomo esistono solo tre tipi di taglio: 1) me li fa corti, 2) me li fa molto corti, 3) gli dà una spuntatina. Aborre l'idea che un uomo della nostra età possa farsi un taglio alla moda o sistemarsi i capelli con creme e gel, magari finto spettinato, come capita spesso ai cinquantenni "fichi". Fochetti diffida anche di chi si cura la barba, magari scolpendosi "la mosca" sotto il labbro ("Pensatevelo ogni mattina davanti allo specchio, quanto tempo passa guardandosi, con le forbicine a cesellarla"), e di chi sceglie gli abiti in base alle mode ("Io resto al concetto di indumento. Il vestito copre dal freddo, consente di non andare in giro nudi. Tutto il resto è di più"). Sia detto per inciso, Fochetti ci invitava sempre a immaginarci le persone che ci incutevano timore "sopra la tazza del cesso, mentre si sporgono per arrivare alla carta igenica", spiegava, "perché mentre cacano fanno molta meno scena".*

Ma, mi scusi, questo davvero non c'entra.

Comunque, Fochetti a volte pare l'Ecclesiaste: tutto il resto è vanità. Eppure qualcosa di vero nel suo ragionamento sui playboy c'è. Un fumus di verità, direbbe un giurista. Ho sempre pensato che uno certe voglie se le deve togliere da giovane, se no poi alla mia età si ritrova su una moto, o con un taglio alla moda, oppure a cercare di infilarsi nella villa che conta per quel weekend da cui non si può rischiare di essere tagliati fuori. Sia chiaro, stesso discorso vale per la politica. Meglio rivoluzionario da ragazzo che no-global con la barba grigia. Invidio solo chi riesce ancora a giocare a calcetto, anche se da ragazzi fermavamo il motorino e dal ponte dell'Olimpica urlavamo ai dopolavoristi che giocavano giù, nei campi di Tor di Quinto: "A 'mbecillii... fate pena... a vecchiii!!!"; a me oggi fa troppo male la schiena, ma mi piacerebbe giocare fisso, una volta a settimana.

Ma mi scusi di nuovo. Penserà che non riesco ad arrivare al punto. Con il lavoro che faccio, per giunta.

Dov'ero?

Ah, che odio la gente.

Quando non posso far finta di essere serbo, sorrido, accompagno con sguardi e frasi fatte i discorsi dei commensali, penso ad altro. Tanto in genere nessuno molla mai la pa-

rola, se ce l'ha se la tiene. Se non sei uno che cerca spazio, non tocca mai a te.

La gente nuova è la più pericolosa. Io odio conoscere gente nuova. Già l'ho detto? E non è che mi piaccia e mi basti quella che già frequento, tutt'altro, ma per due motivi.

Primo: a me non capita mai di conoscere gente che valga la pena di conoscere.

Secondo: la gente nuova non è mai nuova per davvero.

Hanno sempre aneddoti brillanti su se stessi da raccontare, mettono in mostra un qualche aspetto particolare del loro carattere, o del loro stile di vita, che ti sbattono in faccia per farsi belli ai tuoi occhi. Le persone nuove si presentano sempre al loro massimo, perché per loro conoscere qualcuno nuovo vuol dire diventare nuovo. Hai tutti gli occhi puntati su di te, occhi che non ti hanno mai visto, che ti giudicheranno solo da quello che farai stasera. E ai più la cosa piace.

La prima, embrionale versione di questa teoria sulla specie umana la enunciai a una cena a casa Bonetti, e ancora ricordo cosa rispose il padre (il vero genio della famiglia): "Attento all'intelligenza, Roberto. Non farla diventare aridità. Ci rimetti solo tu".

Ornella, quando le ho spiegato di recente il mio stato d'animo, è stata ancora più lapidaria: "Stai esagerando. Forse devi farti vedere da qualcuno". È una in gamba, forse le dovevo dare ascolto.

Così magari oggi lei e io non saremmo qui, dottoressa. Niente di personale, sia chiaro.

Trombe dell'apocalisse

Il Nobel a Gorbačëv e la Guerra del Golfo. Arriva Eltsin e scompare l'Urss. L'Unione europea si espande e la Jugoslavia esplode. Il Nobel a Rabin e Arafat. Il Ruanda, la fine dell'apartheid, l'Israele di Netanyahu e la ripresa dell'Intifada. L'intervento della Nato, la strage di Srebrenica e le bombe su Sarajevo. Putin e la Cecenia. La mucca pazza, l'aereo di linea che esplode a New York, il mostro di Marcinelle.

Anni di sconvolgimento vero, gli anni novanta. Io, almeno, li ricordo così.

La morte di madre Teresa, Lady Diana, Freddie Mercury, Frank Sinatra, Lucio Battisti, Fabrizio De André, Ayrton Senna.

Moana Pozzi.

Quei cantantini pettinati a cazzo che saltellano tutti insieme, tipo Take That o Backstreet Boys. Gli Oasis. Le Spice Girls. Patrick Swayze e Demi Moore che fanno i vasi di argilla. L'Erasmus, il web, la PlayStation.

Le videocassette pirata dei film, quelle che si vedevano male. *Quei bravi ragazzi* e *Carlito's Way* chiudono (e bene) un'epoca. *Pulp Fiction* apre la successiva. E via con *Schindler's List*, *Il grande Lebowski*, *Trainspotting*, *The Full Monty*, il grandissimo *Jurassic Park*, *Forrest Gump*, *Il silenzio degli innocenti*, *Basic Instinct*, *The Truman Show*.

Sul cinema in effetti nulla da dire.

24.

Negli anni novanta crolla tutto quello che può crollare: Tangentopoli, le stragi di mafia, il concetto stesso del fare politica che viene rovesciato come un guanto, da Silvio Berlusconi e non solo. Qui – se ne avessimo avuto ancora bisogno – impariamo una volta per tutte che il primo effetto delle rivoluzioni è la reazione (dopo Tangentopoli è arrivato Previti alla Difesa, mica il Mahatma Gandhi agli Esteri).

Eroi che vengono barbaramente uccisi, politici arrestati, Bettino Craxi in fuga, Gardini, Cagliari e Moroni suicidi, vincenti predestinati che si trasformano in pochi mesi in tragiche maschere della sconfitta.

E lì parte la tendenza che ci accompagnerà per decenni: il potere sembra finire sempre nelle mani dei meno preparati. Ogni tanto si affaccia qualcuno che vale, ma subito viene messo da parte. Chi ha una marcia in più e arriva, fai conto Craxi o Berlusconi, subito poi si corrompe, o corrompe, e lascia le cose peggio di come le ha trovate.

Gli anni novanta sono anni in cui, per metterla come la mise Fochetti a me e Bonetti, "persino due come voi possono far carriera, vista la merda che c'è in giro".

Io contestavo la sua tesi, mentre Bonetti ne era affascinato.

Lo spazio che ci eravamo tenuti per frequentarci in vite ormai sempre più distanti era la partita della Roma, che vedevamo in bassa frequenza nella sede della Rai, dove ci lasciava entrare ogni domenica uno zio di Fochetti che faceva il vigilante.

Ci piazzavamo in una redazione vuota del *Giornale Radio* e guardavamo la partita. Più che altro per rimanere ancorati alla nostra amicizia, e se non ci fosse stata *la Maggica* non avremmo più avuto passioni comuni, o quantomeno occasioni di vederci. Tant'è che durante la partita chiacchieravamo così tanto che a volte non ci accorgevamo neanche che cambiava il risultato. La cosa durò qualche mese, poi ci perdemmo definitivamente di vista.

Forse fu l'ultima di quelle domeniche, in ogni caso già verso la fine di un'era, che teorizzammo una volta per tutte l'inevitabilità del nostro trionfo. Esordì Lino a inizio secondo tempo: "Se uno come Carlos Bianchi può allenare la Roma, Roberto può fare il notaio, e tu Bonetti magari finisce pure che fai il regista".

"È il momento del *putsch*! I coglioni al potere!!" fece eco Marco, fregandosi scherzosamente le mani.

"Magari," sospirai io, ancora alle prese con il lento avvio di quella che poi sarebbe diventata una folgorante carriera (*tipo il Boxer*).

"Be'," osservò Fochetti, "tra impicci, imbrogli e processi questa è l'epoca tua."

"Guarda che non ti regala niente nessuno," gli risposi. "Devi comunque farti il culo, e magari, già che ci sei, valere qualcosa..."

Ma Bonetti, che già si faceva largo con i suoi cortometraggi tra quei festival che organizzano i critici nei paesi dove vanno al mare d'estate, illuminato dall'intuizione del nostro amico formalizzò invece quello che anni dopo, dal palco dei David di Donatello, avrebbe presentato come "Teorema dell'Italia meritocratica". Con noi la chiamò "La teoria del povero stronzo".

"Posso dire la mia?" esordì.

"Sbrigati," rispose Fochetti, "che mi devo concentrare."

"Sarò brevissimo. Uno: qualsiasi opera seppur mirabolante è pur sempre opera di un umano. Due: gli esseri umani sono tutti dei poveri stronzi. Tre: tutto è fattibile da tutti, anche da un povero stronzo come me, o come voi."

Secondo Bonetti ci saremmo quindi fatti avanti all'insegna del "e allora perché non io?". Come sempre, Bonetti aveva ragione.

Gli sfuggiva però un passaggio: i poveri stronzi si muovono da soli, ognuno per la sua strada. Perché anche un povero stronzo, per farsi largo nella vita, deve camminare per la strada che gli indica il suo talento. E il talento è unico, impone un cammino solitario. In quegli anni liberammo il nostro potenziale, ma accettammo anche di perderci di vista. Io presi la via battuta, lui si creò un sentiero a colpi di machete.

Negli anni seguenti studiai tantissimo, allacciai rapporti, relazioni, allargai il giro di affari di mio padre e ne assorbii lo studio, dopo aver assicurato a mio fratello una congrua rendita dagli immobili di proprietà di famiglia. Nessun brivido, un mondo che odiavo, ma divenni ricco.

Bonetti negli anni novanta recuperò tutta la cultura che non si era fatto negli anni ottanta. Era disoccupato, al di là delle collaborazioni più o meno gratuite con "Corriere" e "Panorama", ma non lavorando occupò il tempo e gli spazi, colmando le lacune culturali che gli avrebbero altrimenti impedito di afferrare l'occasione buona appena gli si fosse presentata.

Imparava l'inglese grazie a un corso che (non senza sforzi) gli pagarono i genitori, che intanto facevano studiare anche Margherita, e soprattutto vedeva film.

Viveva al cinema. Entrava e usciva dalle sale. Anche tre o quattro film al giorno, spostandosi in motorino da un posto all'altro della città. Anche (se non soprattutto) da solo.

Guardava qualsiasi cosa. Recuperò Buñuel, Antonioni, Godard, Fellini, Kurosawa, Bergman, Arnaud, Rossellini, Ejzenštejn, Fritz Lang, e si gettò su Lynch, Kubrick, Lucas, Frears, Sergio Leone, Woody Allen, Cocteau. Ma non si faceva mancare i cinepanettoni dei Vanzina e i film di Tinto Brass, i vecchi Stanlio e Ollio e i B-movie di ogni genere, le commedie di Greggio e Frassica o i film d'azione con Stallone. Seguì corsi di sceneggiatura organizzati dal comune, dalla regione, dai cinema d'essai, dai centri sociali. Nella sua testa nasceva quella fusione tra cinema popolare e cinema d'autore che sarebbe poi diventata la sua cifra.

Leggeva tutto. Diceva che per capire le donne bisognava scoprire le romanziere anglosassoni (ma qui nomi non ne ricordo) e approfondire con Anaïs Nin e Marguerite Yourcenar, Allende e Bachmann. Poi ci fu il trip dei mitteleuropei (e su questi, devo ammettere, mi coinvolse): Kundera e Kafka, Musil e Joseph Roth e Thomas Mann in uno splendido disordine che lo lanciò verso l'umorismo ebraico, passando con leggerezza per Jerome K. Jerome, Achille Campanile e Pirandello. Poi i francesi, i grandi classici dell'avventura e del romanzo popolare che divorò – da Dumas a Sue, da Verne a Simenon con audaci deviazioni geografico-stilistiche su Ian Fleming – in una sola memorabile estate. E la grande biblioteca del mondo era ancora quasi intatta. Lo aspettavano i mistici da Buber a Rumi, i libri politici da Bakunin a Mao, tutta la "teoria del racconto" che da Propp fino al decostruzionismo più spinto sarebbe andata ad arricchire, senza appesantirlo, il miracolo dello stile tutto personale che nasceva da quelle letture, in quegli anni.

E io non c'ero.

Io dov'ero?

Anch'io andavo al cinema, ma era un'altra cosa.

Una sera io e Ornella uscivamo dal Savoy, in via Bergamo. Avevamo visto *Forrest Gump*, come tutti gli esseri umani di quei tempi. Lui usciva dal Mignon, aveva visto una retrospettiva di qualche regista giapponese, o polacco, o danese. Insomma, una rottura di coglioni.

Ci salutammo. Ornella, che non si era mai perdonata di aver dato dell'ubriacone a Navarra durante l'unica cena con i miei amici, e che si sentiva colpevole pensando che io e gli altri non ci vedessimo più a causa di un suo fugace (e più che giustificato) momento di nervosismo, fu gentilissima. Parlammo un po' sul marciapiede, poi Marco propose di andare a bere una birra. Ornella colse la palla al balzo, e con l'idea di riconciliarmi col mio vecchio amico ci salutò, pregandoci di proseguire la serata senza di lei.

Così ci ritrovammo io e Bonetti seduti in un locale di piazza Fiume, come milioni di volte nel passato. Ma era un passato troppo recente, ed eravamo diventati troppo diversi.

Provammo una conversazione leggera ma la lingua batte dove il dente duole, e finimmo a discutere di lavoro. Io studiavo per l'esame da notaio, lui si dava da fare con riviste del settore e cercava di farsi produrre il suo primo cortometraggio.

"Ma sempre appresso a Cappuccini?" gli chiesi.

"A lui e ad altri. Giro intorno al regista sul set, guardo, cerco di imparare."

Non ce la feci a resistere, e glielo chiesi: "Ma mi dici che senso ha disperdersi così, dopo aver speso tutti quei soldi per studiare in un'università privata?".

"Che vuol dire disperdersi? Ci sto provando."

"Ma che ci fa un laureato in Legge murato vivo dentro al cinema Mignon? *Ti stai buttando via.*"

Lui mi guardava con un sorriso tirato. Sentiva che ce la poteva fare, ma la mia sfiducia gli faceva male.

"Mi butto via se non ce la faccio, Robe'. Se ce la faccio ho fatto bene."

"E grazie al cazzo! Ma lo sai in quanti vogliono fare i registi? Milioni! E se anche ce la facessi, quanti registi hanno girato più di uno, due film? Li conti sulle dita di una mano."

"Ammazza, oh! Mi tiri su, eh?"

"Fai conto Cappuccini. E stiamo parlando del più grande di tutti. Farà un film ogni due, tre anni. Quanto pensi che ci guadagni? Bene. Dividi per tre anni. Ti conviene dare ripetizioni di matematica."

Guardava il bicchiere con un sorriso tirato, non rispondeva. Lanciai l'ultimo attacco.

"Quando gli altri mi chiedono che lavoro fai, non so neanche che dire."

"E tu non dire nulla, fregatene."

Io mi ero allargato, lui si era arrabbiato. Il fatto (che lui capiva benissimo) era che non gli dicevo queste cose per invidia, ma perché ci tenevo a lui. Ero convinto di avere ragione. Come potevo immaginare che sarebbe diventato il regista italiano numero uno al mondo? Quante volte succedono queste cose nella vita? Mai, giuro. Mai.

Statisticamente le possibilità di essere amico dall'infanzia di un premio Oscar sono pari a zero. Era normale che non capissi, era normale.

Finimmo la birra in un clima infame, poi ci salutammo, consapevoli che non ci saremmo visti per un bel po'.

Bonetti aveva il coraggio dei nostri anni, io non lo capivo. A me degli anni ottanta era rimasta solo la razionalità senza passione, quella che porta al cinismo.

Il resto successe molto velocemente. Lui per una via, io per un'altra, come ho già raccontato. Per me cene tra professionisti, favori a imprenditori e magistrati, qualche aiutino a politici in cerca di denaro, umilianti baci dell'anello a vescovi e cardinali. Uniche note positive: i soldi e il matrimonio con Ornella, la donna che mi ha salvato la vita. Perché se mi fossi anche sposato con una stronza, a quest'ora forse mi sarei sparato. Invece ho due bei figli e una moglie che mi aizza a chiudere lo studio per aprire un ristorante.

Povera pazza.

Per Marco i primi corti, Dino Risi che lo cita in un'intervista, il successo di *La finale*, poi *Ma quale legge!*, quindi *L'altra spiaggia*. La candidatura all'Oscar con *Mondo 3*, tutto il meglio che deve ancora venire. Sempre che non rimanga invischiato anche lui in questo casino.

Come finiscono le cose

Sa, dottoressa, come finiscono le cose? Finiscono perché si esauriscono. Gli amici che una volta ti passavano a citofonare non passano più, perché hanno altro da fare. Hanno conosciuto persone diverse, hanno cambiato interessi, hanno problemi da affrontare, e non pensano più a te.

Finiscono perché, quando incontri qualcuno, non hai più nulla da dirgli. E neanche lui a te.

Finiscono perché sei tu a cambiare. C'è stato un momento in cui mi annoiava uscire con ragazze appena conosciute. Portarle a cena, fare lo spiritoso, riuscire a baciarle e finirci a letto. Mi annoiavo, le giuro. Non che fossero così tante, ma neanche pochissime. Ma a chi le racconti le avventure dopo un po'? Con chi condividi il gusto del peccato? Né con gli amici, che non ci sono più, né con le tue conquiste, che col tempo diventano più ciniche di te.

Vede, dottoressa, al di là delle ragioni di fondo per cui io, Bonetti e gli altri ci siamo allontanati, ci sono anche delle ragioni pratiche, e delle ragioni contingenti. Le ragioni pratiche sono gli ambienti diversi, con me e Ornella sempre più coinvolti nelle abitudini borghesi (cene, circolo, vacanze, scuole straniere per i figli) e Marco e Marta sempre più travolti dalla loro vita, quella sì unica, quel mix strano che solo lui poteva mettere in piedi, quella routine irrituale di normalità ed eccezione (molta casa, molto cinema per conto loro, qualche cena con vip, qualche festival, molta Sardegna ma mai Costa Smeralda). Davide Navarra, dopo gli studi in Architettura, sembra abbia imbroccato una redditizia (e non meglio definita) attività di "vendita e acquisto" di villaggi vacanze in giro per il mondo. Fochetti fa il fisioterapista e dà una mano nel vivaio del padre, Gallo è avvocato, Claudia Palazzi insegna, Paoletta Nicastro vive a Lione, Francesca Menichella a Beirut. Loro non so cosa facciano, ma è bello pensarle lì. Insomma: un posto in questo mondo, noi che vivevamo un po' al di qua e un po' al di là del confine, ce lo siamo assicurati tutti.

Le ragioni contingenti per cui non ci vediamo più francamente le ho dimenticate. Temo di avere molta colpa io, reagii male a quella cena a cui portai Ornella con la sorella, e loro si ubriacarono. Chiaramente coltivavo tensioni latenti, ma quando cominciarono a comporre le poesie in rima da leggere alla nuova arrivata ("Il cielo era paonazzo, e fu lì che Ranò conobbe il..."), mi incazzai di brutto. Anche lei, a dir la verità. Rintuzzò Navarra con un secco: "Puzzi, sei ubriaco". Gallo mise le mani sulle cosce della mia futura cognata solo perché aveva scommesso con Bonetti, con lei che lo guardò negli occhi e gli disse con molta calma: "Levale o ti ammazzo". Lui si girò verso Marco e commentò a mezza bocca: "Vedi? Ci sta".

D'altronde si era fatto questa idea perché, quando aveva chiesto "qualcuno vuole assaggiare un po' della mia pizza?", lei gli aveva risposto "io, grazie".

Non fu una serata ideale.

Bonetti stava già con Marta, che rideva di tutto serena, con quel suo cazzo di buonumore semplice e diretto. È una che potrebbe pattinare su una pozza di merda con la leggerezza di chi raccoglie fiorellini in un prato. Credo sia la figlia di un condomino dello stabile in cui viveva Bonetti da bambino. Ecco, vede? La rabbia machista verso la moglie del mio miglior amico non mi è mai passata; ma in fondo anche Bonetti in vita sua avrà detto sì e no due o tre parole a Ornella. Fochetti addirittura credo che non le abbia mai parlato. Una volta gli chiesi perché, mi rispose: per rispetto nei tuoi confronti.

Probabilmente la frattura tra di noi si aprì quella sera.

E quindi, dottoressa, vede quanta amarezza mi porto dentro. Guardo tutto senza passione. Perché sa qual è il mio problema?

Che le cose vecchie sono finite, tanti anni fa; ma non è iniziato nient'altro.

25

Il primo film di Bonetti mi allargò il cuore. Fui felicissimo. Per lui e per me. Anche se coi fatti aveva cancellato i miei discorsi in birreria, quelli da gretto menagramo. Non credo me ne abbia mai voluto, era ovvio che pensassi quelle cose. Insignificanti particolari davanti alla storia di un'amicizia.

Lo so, è difficile passare così tanti anni insieme a una persona e non provare invidia per i suoi successi. Ma fu un'esperienza bellissima vedere per la prima volta un film e conoscerne così bene l'autore da riuscire ad anticiparne ogni inquadratura, ogni scena. Aver respirato da anni ogni parola, aver partecipato a ogni dialogo, condividere il punto di vista del regista fino a immedesimarsi totalmente. Con gioia.

La finale è la storia di due colleghi che vincono una riffa aziendale che mette in palio i biglietti per una finale di calcio europea. Uno veneto, uno abruzzese, uno ricco e dirigente, l'altro povero e facchino, non si conoscono fino a che non si incontrano all'aeroporto di Milano, dove prendono il volo per Vienna. Un problema tecnico, una tormenta, e l'aereo è costretto ad atterrare in una città dell'Europa dell'Est. Le ore passano, i due protagonisti (che vedevano in quei biglietti la possibilità di fuggire, almeno per un giorno, dalle loro vite diversamente frustranti) tentano in tutti i modi di raggiungere l'Austria per vedere la finale, ma la partita verrà giocata senza che i due arrivino allo stadio. Il viaggio via terra dei due improbabili compagni inanella una serie di episodi, gag, tradimenti e vicende drammatiche che suggellano centodieci minuti di grande cinema. I due si confrontano, si tradiscono, litigano, si aiutano, in un affresco di italianità che ha forse un pari solo ne *La grande guerra* di Monicelli.

Infreddoliti, senza più una lira, a bordo di un camioncino Škoda arrivano alla scena finale, quella durante la quale riuscii a piangere, di nascosto da tutti. Quella in cui i protagonisti capiscono che non ce la faranno. La finale a Vienna sta iniziando quando loro si fermano in un piazzale alla periferia di Bratislava, dove si svolge una partita tra ragazzini. Scelgono di tifare per una delle due squadre, e si abbracciano, si arrabbiano, urlano, tremano e festeggiano; soli, davanti agli increduli giocatori, abbracciandosi disperati e felici in una poverissima periferia di stile sovietico. Sotto la neve vedono finalmente vincere i loro undici eroi, e poco importa che non siano quelli per cui erano partiti.

La prima era al cinema Moderno, c'erano critici, amici, giornalisti. In sala riuscii a vedere solo Navarra, seduto in fondo, e ci salutammo con un cenno della mano. Io ero con Ornella. Marco con Marta. All'uscita lo abbracciai. E fu l'ultima volta che mi sentii bene.

Salutai il padre, la madre, Margherita con il suo compagno. Poi Marta. Bella, elegante, sorridente. Mi disse: "Mi ricordo di te, Ranò!". Poi puntandomi contro l'indice, scherzosamente minacciosa: "Stai lontano da Marco, eh?! Che ha messo la testa a posto!". E ridemmo tutti insieme.

Marta ha qualche anno meno di noi. Una volta ho visto le loro foto su una rivista di gossip. Erano al mare, giocavano con i figli. Non sembravano foto concordate, perché a lui si vedeva la panzetta e lei era assolutamente normale, con tutti i difetti del caso. Era una bella immagine rassicurante.

Sembravano dire: stiamo bene così.

Persone normali, e autenticamente divertiti. L'ho preso come un bel segnale, come l'indizio di una vita serena. In fondo, se è l'unico del mondo dello spettacolo che sta con la stessa da più di dieci anni, un motivo ci sarà.

Nei giorni successivi leggevo i giornali che esaltavano, stroncavano o sospendevano il giudizio su questo nuovo regista, un quarantenne non ancora quarantenne, un trentenne non più trentenne: ne parlavano, si stupivano, lo celebravano o lo ridicolizzavano, ma ormai erano tutti ai suoi piedi. E io ero felice.

Uno di noi diceva al mondo quello che pensavamo.

Lo faceva perché da sempre era brillante, determinato, ossessionato dalla voglia di sovvertire i luoghi comuni. Ed era originale. Perché da sempre aveva qualcosa da dire che gli altri non riuscivano a pensare.

Ero felice. Ma era chiaro che non ci saremmo più visti. Il baratro fra di noi si era definitivamente spalancato.

26.

Sia chiaro, Bonetti non è un asceta, non è il santino dell'artista. È una persona intelligente, furba, pragmatica e flessibile quanto basta per muoversi in un campo come il suo. Ci sa fare. Tratta con i produttori e ottiene un budget, poi lo rispetta, con tanti saluti alle sue eventuali velleità d'artista. Non gli sentirete mai dire "a questo non posso rinunciare", perché Bonetti sa dare un prezzo a tutto, e su tutto sa trattare. L'università privata alla fine gli è servita.

Con lui lavorano i migliori, ma anche qualche amante di produttore, qualche protetto dei politici, perché Bonetti sa quando è necessario flettersi, ed è talmente bravo da far recitare bene anche i raccomandati.

È una figura nuova per il mondo del cinema, tanto che l'élite culturale, che pure non può più evitare di fare i conti con la sua opera, continua a snobbarlo e a guardarlo con diffidenza.

Anche lui è figlio degli anni ottanta. Racconta e vive il pop con la profondità dell'intellettuale. Le sue sceneggiature respirano l'aria che respiriamo tutti. Per questo i suoi lavori piacciono al pubblico, ai produttori, ai distributori, agli attori, agli americani e (naturalmente) a lui stesso. Non piacciono ai suoi colleghi barbosi e non piacciono alla critica, che comunque è costretta a confrontarsi con quella che ormai è comunemente chiamata "la chiave di Bonetti".

Una chiave di lettura del mondo che conosco bene, quella che a me, unico – immagino – tra i suoi fan, fa venire in mente la notte in cui al campeggio di Sperlonga (avremo avuto sedici, diciassette anni) eravamo stati svegliati dalle grida di un gruppo di romani che venivano a linciarci. Erano una ventina, avevano le cinte in mano e si erano dotati anche di remi da barca che ci volevano spaccare in testa. Avevano delle facce spaventose: orecchini, teste rasate, tatuaggi, denti mancanti o d'oro.

Avevamo scelto quel campeggio perché era il più a buon mercato della zona, e in quel momento scoprivamo che a fare la differenza non erano solo i servizi, ma anche la clientela.

Si erano piazzati tutti davanti alla nostra tenda, e la scena ricordava il finale di *Frankenstein*, quando la folla si presenta al castello con le torce, pronta a dare fuoco al professore e al mostro.

"Ammerde!... Uscite fuori!" gridò un ragazzetto roscio e lentigginoso, tutto ossa e muscoli, che portava i 501 corti sulla caviglia e bassi sul culo, appesi a una cintura imitazione del Charro. Si era presentato pisciandoci sulla tenda: ci aspettava fuori a torso nudo con una fascia azzurra in testa, tipo pirata. Era il capo, o voleva sembrarlo, ed era lui ad avere un remo in mano. Dalla parte del manico, ovviamente.

Quella sera eravamo rimasti in tenda solo io e Bonetti, Fochetti era non ricordo dove, e uscimmo terrorizzati per affrontare il branco inferocito. Sembravamo non avere chance, ma Bonetti attaccò il più classico degli *Italian movies*.

L'*Italian movie* è una versione più raffinata del finto tonto.

Lo ha inventato Navarra, in America. Gli americani alla guida sono insopportabili. Vanno a venticinque miglia orarie in fila ordinata, non hanno uno scatto di fantasia neanche se si trovano davanti una quattro corsie libera a perdita d'occhio. Navarra ci raccontò che, quando andò in California dopo il diploma, veniva spesso fermato dalla polizia per qualche infrazione. Lì partiva la *excusatio*, una lamentela portata in un inglese volutamente scadente: appunto, l'*Italian movie*. Davide metteva in scena una totale ammissione di inadeguatezza, un'automortificazione che non poteva che commuovere il ranger americano: "Ai em sorriiii... Ecschiuss mi! Ai em italian... Ai dont andestend... Ai em veri sorrri...". Qualche volta gli andava bene, e davanti a tanta folkloristica e patetica ignoranza lo lasciavano andare.

E allora, tornando a noi e alla folla inferocita di Sperlonga: eravamo consapevoli che il linciaggio era la diretta conseguenza di a) non avere abbassato lo sguardo in discoteca quando il roscio aveva cercato i nostri occhi, b) aver tentato di parlare con due boccione del loro gruppo, c) esserci fatti beccare in attività palesemente sinistrorse, quali leggere un libro in spiaggia e sfogliare anche quotidiani che non aprissero sulla Roma.

"Che succede, ragazzi?" chiese Bonetti, in pieno *Italian movie*.

"Perché avete rotto il cazzo alle nostre donne?"

"Perdonateci," fece subito Bonetti con naturalezza, "non sapevamo facessero parte del vostro gruppo."

Grande mossa. In un colpo solo aveva chiesto scusa, aveva riconosciuto l'autorità del roscio sull'area camping e aveva mostrato di conoscere le regole della malavita. In più aveva cercato comprensione ammettendo la debolezza principe di ogni membro del branco che si rispetti: l'incapacità di resistere al fascino femminile. Del genere: "Ebbene sì, ho peccato. Ma chi è senza peccato mi rompa il primo remo in testa".

Il roscio, che era pronto a rispondere a un "che cazzo vuoi?" ma non a un grazioso "perdonateci", si sgonfiò. Evidentemente era rimasto senza risorse, e le belve che lo avevano accompagnato non sapevano cosa suggerirgli.

Riuscì a mettere insieme nella sua testa vuota un'unica domanda: "Di dove siete?", che a quei tempi e in quell'ambiente corrispondeva più o meno al "documenti!" dei carabinieri.

Fui io a presentare le nostre credenziali: romani, zona piazza Bologna. Recuperai nella memoria nomi di delinquenti del quartiere e buttai là soprannomi di criminali di cui sentivo parlare alle medie, sperando che la loro fama avesse valicato il confine della via Nomentana e che fosse sopravvissuta al passare del tempo, magari alimentata da qualche nuovo episodio di malavita.

Qualcosa probabilmente era rimasto, oppure il roscio temeva, rientrando a Roma col nostro scalpo appeso alla

cintura, di poter essere accolto da gente che portava il poco rassicurante nomignolo di "Zingaro" o di "Mandunga".

Finì che ci offrirono una birra, e fummo noi a dover
tenere a distanza le boccione, che a quanto pareva erano
rimaste affascinate dalla nostra scaltrezza.

Capire il contesto, le persone e sapere cosa aspettarsi.
Eravamo forti.

E adesso? Adesso chiudo una settimana da notaio e la
riapro da galeotto. E per sopravvivere devo ricordarmi chi
ero, come sapevo riadattarmi, farmi "concavo e convesso",
come disse Berlusconi. Ecco, parlando di carcere mi viene
in mente Berlusconi.

Ma anche Montale.

L'anguilla, la sirena
dei mari freddi che lascia il Baltico
per giungere ai nostri mari,
ai nostri estuarî, ai fiumi
che risale in profondo, sotto la piena avversa,
di ramo in ramo e poi
di capello in capello, assottigliati,
sempre più addentro, sempre più nel cuore
del macigno, filtrando
tra gorielli di melma finché un giorno
una luce scoccata dai castagni
ne accende il guizzo in pozze d'acquamorta...

Poi non me la ricordo più. Ma insomma, finiva: "*...puoi*
tu non crederla sorella?".

Fare come l'anguilla. Incunearsi, risalire l'acqua, infilarsi tra problema e problema. Sopravvivere.

Due piani

Ecco, dottoressa. Siamo arrivati ai fatti che la interessano. Vede, ci sono due piani su cui la vorrei invitare a seguire gli avvenimenti. Il primo è che molti, forse tutti, ricordano il tempo della giovinezza come un tempo unico e indimenticabile. Il secondo, e la prego di non considerare questa mia osservazione una scortesia, glielo devo spiegare, perché lei, mi deve perdonare, non è della mia generazione.

Noi siamo stati anche la generazione del piacere. Avevamo il coraggio di ricercarlo. Alcuni di noi hanno frainteso, e in quegli anni, e in quelli a venire, hanno dato la caccia a un piacere sofisticato, artificiale, spesso procurato con il dolo. Noi però il piacere lo sapevamo riconoscere anche nelle cose normali, piccole e quotidiane: una bella mangiata o una bevuta, un'emozione immediata e fuggente. Io e Bonetti lo scovavamo anche nel successo, e non c'è niente di male. Lo trovavamo nella soddisfazione dei nostri desideri e dei nostri progetti, perché le soddisfazioni sono lecite, e quando è il momento di acchiapparle è meglio non lasciarsele sfuggire.

Bonetti ripeteva sempre: non è tanto alzarsi presto, quanto indovinare l'ora.

LA FESTA

Il contesto non ci ha aiutato, dottoressa, ma non si faccia sviare. La festa, come sa, era al Porto Fluviale, ed era a casa di uno spacciatore, è vero, me lo hanno detto subito. Ma non potevo non andare.

Le ripeto: notti magiche.

Allora: sul posto ci aspetta Mariolino Gallo. A vedere il bicchiere mezzo pieno, almeno ci aspetta davanti al portone e si è reso conto che non riuscirà mai a imbucarsi da solo con quella roba al seguito. A vederlo mezzo vuoto, infatti, si è presentato con quattro zoccole. Credo (e spero) che non si sia capito al telefono con Navarra. Vedendoci scendere dal taxi con le bresciane incassa comunque la testa tra le spalle e allarga le braccia, come a dire: "Ahò, io ormai le ho prese".

Alla festa siamo arrivati grazie al contatto di una vecchia conoscenza di Navarra, uno che ogni tanto faceva capolino anche all'epoca nostra. È uno che lo aveva convinto, per qualche tempo, a lasciare l'Italia e a tentare la fortuna in Olanda. Dall'Olanda Navarra era tornato qualche mese dopo completamente rincoglionito, e con la stessa fortuna di quando era partito. Questo tipo, si chiama Armando Flachi, è diventato poi maestro di yoga grazie alle lezioni di un guru di Terni, il quale però ha perso di colpo ogni carisma sui suoi adepti dopo essere stato arrestato in flagranza di reato mentre cercava di uscire da un supermarket con un salame infilato sotto la giacca.

Flachi ci apre la porta e, appena vede che Navarra si è trascinato dietro i cafoni con cui girava trent'anni prima, storce il naso. Io e Bonetti entriamo in fretta ringraziando, Navarra fila via con le bresciane, Gallo spinge dentro le sue quattro amiche e imbocca veloce la porta; Fochetti invece si ferma sull'uscio, e guarda fisso il volto di Flachi. Immobile, inespressivo, a pochi centimetri dalla sua faccia, cerca di ricordare chi sia.

Poi si riscuote. A quanto pare lo riconosce e accenna un sorrisetto. Gli dà un buffetto sulla guancia e, decidendosi a entrare, gli fa: "T'è piaciuto il guru, eh? Certi dolmen...".

Flachi, basito davanti all'evidenza che si possa essere tanto greve e testa di cazzo anche a quarantasei anni, non dice una parola, e lascia entrare Fochetti che supera tranquillo l'ennesimo confine.

Dentro ci sono tantissime persone, e c'è anche il vecchio giro di Navarra (Gigi Cassini e Daniele Angelini, Leonardo Crea senza più un capello ma con lo stesso fidanzato di allora, quell'inglese pazzo di cui non ricordo il nome).

Una cenista simpaticissima, tale Rosaria, mette in mezzo Gallo fino a farlo incazzare. Gli dice che è evidente che si cura poco, che ha l'addome dilatato (tipico di chi scopa di rado, aggiunge) e che a quella festa, fosse per lei, si farebbe diversi invitati e pure qualche invitata, ma lui no. Gallo regge malissimo lo scherzo, la insulta ("vatte a fa' spacca' 'r culo da chi tte pare") e viene portato via a braccia, schiumante, da Crea.

Comunque, c'è tanta, tanta gente e soprattutto c'è tantissima... Ci sono tantissime ragazze, dottoressa.

Navarra si è sfilato con una bresciana, Bonetti e io riusciamo invece a perdere di vista le nostre (finite probabilmente tra le braccia di un paio di quei tanto deprecati playboy che – mentre noi riviviamo le atmosfere dell'epoca d'oro – pasturano la serata). Con le quattro amiche di Gallo va forte Fochetti, di tutti il più naturale, diretto, evidentemente a suo agio. E loro sembrano apprezzare la sua schiettezza.

Un drappello di capelloni tatuati (dicono sia il gruppo rock australiano che si è appena esibito al Palladium) ha creato una sorta di area vip in un angolo del loft. Parlano in inglese di musica, Twitter e grafica con alcuni tipici artisti trendy romani (che sono un po' come quelli milanesi, ma ci credono di meno) ed è chiaro che si ritengono gli eredi di Nick Cave. Fanno mostra di non apprezzare gli ultimi lavori di David Byrne e criticano apertamente ("It's rubbish") il nuovo corso di Brian Eno.

Per quell'area deleghiamo il compagno di Crea, l'ex pilota pazzo della Raf, che si inserisce nel crocchio con la disinvoltura che gli assicura la padronanza della lingua, e chiede ai capelloni se hanno sentito di quel rocker italiano (Pupo) che "revealed that his big hit Gelato al cioccolato *was written by Malgioglio in honor of a male Tunisian good friend of him" (ha rivelato che il suo grande successo* Gelato al cioccolato *fu scritto da Malgioglio pensando a un suo amico tunisino).*

"Yes, I heard of it," subentra Bonetti, che fino a quel momento stava cercando di far pronunciare la parola "fregna" a due giapponesi. "I also heard that Pupo himself has admitted that he is no longer comfortable in singing it after this has been leaked out" (sì, ne ho sentito parlare. Dice Pupo che da quando lo sa non è più a suo agio nel cantarla). Gli australiani li guardano come si guardano dei pazzi, probabilmente si perdono nel gioco di parole, il loro italianissimo agente ingoia la risata e cerca di trainare la conversazione fuori dalle secche.

Ha presente quel senso di libertà che si prova quando si scia? Quando si scende veloci per una pista vuota, col freddo che brucia la faccia, il silenzio tutto intorno e i muscoli delle gambe che ti fanno male? Ieri sera le cose andavano così, dottoressa.

Il loft al Porto Fluviale era diventato Marilleva dopo la chiusura degli impianti, i crocchi di sconosciuti i paletti del nostro slalom vincente. Dislocati nell'appartamento abbiamo preso possesso dell'area e ci muoviamo sicuri da cantone a cantone, di nuovo noi stessi, di nuovo capaci di prevedere le mosse degli altri, senza bisogno di soppesare le nostre.

Io parlo con una splendida ragazza dagli occhi verdi, Bonetti scherza con gli altri, Gallo (ripresosi dal knock out impartitogli dalla cenista) seduto su un divano cerca di cambiare canale alla tv senza alzarsi, usando il manico di una scopa, visto che non si trova più il telecomando. Ognuno sa dove sta l'altro, e tanto basta. Stando insieme abbiamo di nuovo la sicurezza di poter stare da soli. E il tempo vola.

Ma non è nell'appartamento che succede il fatto, come lei sa. Tutto accade nel pied-à-terre che si affaccia sulla chiostrina del loft.

E tutto inizia quando sulla chiostrina esce, urlando come un ossesso, un prete.

2.

Giovane, segaligno, con gli occhialetti. Tipo Collosecco di Vacanze di Natale. Grida, è fuori di sé. Mi sembra di conoscerlo, ma al momento non riesco a collocarlo. Lui invece mi riconosce. E corre tra le mie braccia, disperato. Singhiozza.
"Notaio, notaio Ranò, mi aiuti lei!"
Dottoressa, pensi gli altri. Un prete che corre ad abbracciarmi piangendo, in piena notte, al Porto Fluviale. Silenzio, e poi risate, di tutti, e una pioggia di battutacce. "Anvedi come s'è fatta carina Ornella." "Ranò, ma 'sti gusti da quando ce l'hai?" "E diglielo che gli vuoi bene, Robe'!" Ma a un tratto tutti si zittiscono. Dalle ombre della chiostrina, dalla porta dell'appartamento che sembrava abbandonato esce un enorme trans. Sudamericano. Ha in mano il collo di una bottiglia rotta, lo sguardo allucinato.
Viene verso di me, puntandomelo alla gola. Con gli occhi fuori dalle orbite mi fa: "Paghi tu?". Io sono senza fiato. Gallo è più svelto. Tira fuori dalla tasca e mi allunga duecento euro.
"Daglieli," mi dice. E io glieli do. Al momento non capisco perché non glieli dà lui, ora invece mi è chiaro.
Il trans mi spinge via, mi lascia andare. Poi si volta, spara un cazzotto in faccia al prete, sputa per terra ed esce dalla chiostrina imprecando in portoghese.
Il pretino si rialza tenendosi il naso insanguinato, poi, sempre piangendo, mi chiede di seguirlo. Vede Bonetti, lo riconosce, farfuglia: "Maestro, maestro, venga anche lei, la prego". Bonetti mi guarda, come a dire: "Ma chi cazzo è questo?".
La musica suona ancora forte, ma il silenzio è totale. Si crea una lunga fila. Primo il pretino, secondo io, terzo Bo-

netti, poi Gallo e Fochetti. Dietro a noi chiunque. Entriamo nell'appartamento. Uno stretto ingresso, un saloncino, poi una piccola camera da letto. Luce rossa, specchi ovunque. Sul letto un cadavere. Nudo. Supino. Ammanettato al letto. Con un pancione enorme. Il naso bianco di cocaina.

3.

Io e Bonetti ci guardiamo. Lo abbiamo riconosciuto entrambi.

Monsignor Citran. Il pretino è il suo segretario.

Dietro a noi qualcuno ride, ormai completamente ubriaco. I più urlano. Quelli svegli imboccano il cancello della chiostrina e se la filano. Qualcuno ancora non si è accorto di nulla, e balla o chiacchiera nel loft.

Io, Bonetti e Gallo ci chiediamo che fare. "È un bel casino, qui siamo tutti sputtanati."

Fochetti, che in questi anni deve averne fatte e viste di ogni colore, ci fa netto: "Andiamo via, prima che arrivi la polizia". E infila la porta con le quattro professioniste, ormai definitivamente sottratte a Mariolino.

Il prete piange, Gallo gli dà una pizza in faccia. Non è la sua serata, poveretto.

"E smettila! Dicci che è successo!"

Poco da dire. A quanto pare, il pretino aspettava in macchina monsignore che si dava da fare nel pied-à-terre, poi è uscito il trans che ha bussato sul finestrino, lo ha fatto scendere dall'auto, lo ha portato dentro, gli ha mostrato il cadavere.

Il resto è storia nota.

Adesso il problema è: festa a casa di uno spacciatore + gente ubriaca + droga + un monsignore morto + un trans + scampoli di Roma bene + un regista di culto = scandalo, e di quelli grossi.

Dimenticavo: + polizia, che arriva adesso, col trans in manette che strepita e mi indica urlando: "È lui, è lui che mi ha pagato, è lui!". Mi volto, lo cerco, ma Gallo è scomparso.

Figlio di mignotta... Bonetti invece è al mio fianco, Navarra esce mezzo nudo dalla stanza in cui si era chiuso con la bresciana. Vede la polizia, rientra svelto in camera e prova a buttare lo zaino fuori dalla finestra che dà sul retro. Lo agguantano subito, lui e lo zaino. Fine delle trasmissioni. Gran casino, manette per tutti, ed eccomi qua, dottoressa.

Senza parole.

4.

La dottoressa mi guarda.
Silenzio.
Mi guarda.
Poi chiude la cartella, si alza, allunga la mano per salu-
tarmi.
Io la stringo.
Mi fa: "Lei è libero".
Mette il faldone sotto il braccio e imbocca la porta.

FUORI

1.

Non era mai stato così buono il primo caffè. Siamo io e Bonetti, al bar fuori Rebibbia.

Aspettiamo Ornella e Marta, che stanno arrivando a prenderci. Sembra siano in macchina insieme. Chissà che si diranno, non si sono mai conosciute davvero.

Era finito dentro anche Bonetti, a quanto pare. E sempre a quanto pare sarà inutile aspettare Navarra, che dovrà chiarire più di qualche dettaglio sullo zaino che cercava di far scomparire. Fochetti l'abbiamo chiamato subito. È già in giro col pulmino del padre a consegnare piante. Il mio avvocato sta sbrigando le ultime pratiche dentro, e ancora non ha capito come mai io sia già uscito.

Siamo solo io e Bonetti, di nuovo, dopo tanti anni.

Ci prendiamo questo benedetto caffè al bar davanti alla fermata della metro di Rebibbia, zitti, dopo una notte di carcere. Il sole è alto nel cielo, spacca le pietre e scioglie le sedie di plastica su cui siamo seduti, stretti al muro, sotto la tettoia che ci garantisce un po' di ombra.

Bonetti è il primo a parlare.

"Ci pensi?" dice. "Una nottata così, con questa gente, e chi è che ti mette nei guai? Un monsignore."

Ha ragione. Usciamo con uno spacciatore e ci mette nei guai un'eminenza. Il confine di Bonetti, quello di cui avevo tanta paura, non l'abbiamo superato ieri. L'abbiamo superato quando abbiamo conosciuto questo tipo che faceva il prelato, tirava coca e frequentava i trans. Solo che le ultime due attività le svolgeva di nascosto.

"Lo conoscevi bene?" mi chiede.

"Abbastanza," rispondo. "Era uno che contava molto alle Infrastrutture, e io da quelle parti ci faccio parecchi affari."

"Pensa che a me lo avevano presentato a un party di Medusa. Dicevano che era in grado di far arrivare a Hollywood anche l'ultimo coglione."

"Be'," dico io, "se il coglione eri tu, che sia stato l'ultimo non c'è dubbio..."

E ridiamo. Ridiamo. Ridiamo tanto. Bonetti e Ranò, in una nuova grande avventura.

"Lo sai, sì," riprende Bonetti, "che in altri tempi *Monsignor chiappa* non ci avrebbe fregato, vero? Lo avremmo subito inquadrato."

"Terminator perde colpi," sottolineai.

"Già. Alla fine sono sempre quelli perbene a metterti nei guai."

C'è un minuto di silenzio mentre riflettiamo su quell'ultima grande verità, poi: "Davvero hai visto Tony Hadley?".

"Sì."

"E com'è?"

"Un panzone," rispondo addentando il mio cornetto.

Bonetti monta in piedi sulla sedia e, come se fosse sul palco del PalaEur, usando il cornetto come un microfono, inizia a cantare:

Thank you for coming home
I'm sorry that the chairs are all worn
I left them here I could have sworn
These are my salad days
Slowly being eaten away
Just another play for today
Oh but I'm proud of you, but I'm proud of you...

"Scenni..." gli intima il barista senza alzare lo sguardo dalle pagine sportive.

"Cazzo," mi fa, scendendo dalla sedia, "mi facevi impazzire con *Gold*. Mettevi il nastro all'infinito in macchina."

"Mi piaceva tanto?" chiedo io.

"Ma che scherzi? Non ti ricordi? Eri da ricovero. Sapevi tutti gli Spandau a memoria, anche l'album precedente, quello più tostarello, e quelli dopo, quelli tutti sospiri e mossettine."

"*Mandolin, oh mandolin...*", è vero. Li so ancora.

"E tutto per Palazzi," aggiunge.

"Cioè?"

"Mi prendi per il culo?"

"Perché? Che c'entra Palazzi?"

"Mi prendi per il culo" non è più una domanda.

"Giuro che non ricordo!"

"Tu eri pazzo della Palazzi, e lei ti aveva fatto sentire *Gold* per la prima volta. Giravi sotto casa sua in Vespa giornate intere sperando di incontrarla. Mentre noi cercavamo di rimorchiare tutto il rimorchiabile, in vacanza tu ti introvertivi e non parlavi, pensando a lei. Ma che davvero non ricordi?"

No. Non ricordo. Davvero. "Ricordo le lupe, ricordo le lavapiatti, ricordo Copanello... Ma davvero uscivo pazzo per Palazzi?"

"Allora sei scemo. Ma non ti sei mai accorto che Ornella è uguale a lei?"

Dio mio, è vero. Ornella è la copia di Palazzi, e... è vero. Io ho passato gli anni ottanta ad amare la bella della classe.

"Lei pure era cotta," aggiunge Bonetti, "ma tu non ci hai mai voluto provare. Io so anche perché."

"E perché?"

"Perché tu amavi essere innamorato. Non ti interessava fartela. Forse avresti voluto baciarla, ma andare oltre no. A un certo punto credo che lei si sia messa con Ranucci per provare a smuoverti, ma tu... Nulla. Ti piaceva rincorrere il sogno, non volevi svegliarti."

Rincorrere il sogno? Io? Il notaio Ranò? "Ma che dici?..."

"Robe', io a te t'ho sempre capito. Ti ho sempre letto come un libro aperto. Ma all'università t'ho perso. Che cazzo ci sei finito a fare con quegli imbecilli? E con i giovani sbardelliani... Ma come hai fatto?"

"Non mi hai perso tu, Marco. Mi sono perso io. Ma in fondo sono stato coerente. Volevamo il successo, e l'ho ottenuto."

"Sì, lo so, ma tu avevi qualcosa in più di noi. E, se posso permettermi, *lo hai disperso*."

Io qualcosa in più del genio Bonetti? Qualcosa in più del folle Navarra? Dello spietato Gallo? Ma che dice?

"Tu eri sensibile, Robe'. Non temevi le emozioni. Se non fosse stato per te non avremmo retto tanto tempo, non avremmo retto al carattere di ognuno di noi. A convincerci a rimanere insieme eri sempre tu. Ci tenevi a noi. Alla nostra storia, alle nostre avventure, alla nostra amicizia."

Questo è pazzo. Sono il notaio Ranò. C'è gente che trema a sentire questo nome. Sono un grandissimo stronzo. Se non mi arrestavano, facevo saltare il couchsurfing a mia figlia.

"Ti ricordi quando perdesti la gara canora al campeggio?" riprende Bonetti dopo essersi servito di un altro cornetto dal bancone.

Il campeggio a Capo Vaticano. "Ricordo che rimorchiammo le milanesi, e che Gallo abbracciandone una disse: *io mi prendo il mostro*."

"È vero. Quanto ci stava sul cazzo Gallo quando faceva così."

"Gallo ci stava sul cazzo? E la standing ovation che gli riservammo per le lupe?"

"Ma le lupe erano tre stronze! Io e te delle milanesi ci innamorammo, coglione! Io non lo volevo dire, ma tu lo ammettesti. E tanto stonava con il nostro idillio Gallo che in quella vacanza lo tenevamo a distanza, e lui ci rimase malissimo."

È vero, ora ricordo.

"Terribile! Venne da noi e ci disse: o mi dite cosa ho che non va o me ne vado."

"E io per me lo avrei mandato affanculo, ma tu ricucisti. Ci parlasti, gli spiegasti, e poi iscrivesti tutti noi alla gara di canto del campeggio."

Io e Gallo in finale, io con *Perdere l'amore*, lui con *My Way*. Io che stono per farlo vincere. Bagno di notte con Gallo, le milanesi e il mostro.

"Robe', eri tu che ci ricordavi chi eravamo. Eri tu che segnavi il confine tra l'essere persone e l'essere squali. Tra pragmatismo e cinismo, tra buon gusto e cattivo gusto. Io e Navarra lo chiamavamo *il confine di Ranò*. Poi quel confine lo hai perso di vista. E posso dirti perché?"

Il confine di Ranò? Mai saputo!

"Perché?"

"Perché ti sei sentito tradito. Perché il tempo è passato, il liceo l'abbiamo salutato, e la vita ci ha chiamato avanti. Hai pensato che tutto era finito, e che tanto valeva svendersi. Hai messo da parte la tua caratteristica principale."

"Cioè?"

"Non mi prendere per frocio, ma era la dolcezza."

Sulla diagnosi ha ragione, perché è uguale alla mia. Ma che Roberto Ranò fosse *dolce* non solo non lo ricordavo, ma non lo avrei mai neanche immaginato.

Buongiorno, vi presento me stesso.

"Marco, scusami, ma io non mi ricordo un cazzo. Io mi ricordavo che eravamo duri, cinici. Amari spesso."

"Lo eravamo, ma solo un po'. Un po' eravamo dolci. E tu ci tenevi in equilibrio. Ci ricordavi quando smettere di giocare col cinismo, suonavi l'allarme quando stavamo per tradire noi stessi, quando stavamo per cadere nel baratro."

Mi guarda e ha negli occhi tutta la nostra storia: ma stavolta è girata da un grande regista. Lui. "Ricordo," riprende, "che una volta mio padre venne al Pincio. Faceva finta di essersi perso, si guardava in giro cercando di vedere dove fosse il nostro gruppo. Voleva capire con chi uscissimo, avvertiva che qualcosa non andava. Io lo vidi da lontano e ti dissi che mi volevo nascondere, perché non volevo fare la figuraccia con gli altri. Tu mi dicesti: vacci a parlare, e tientelo stretto. Tutto quello che hai è lì, su quel motorino."

È vero, ricordo. Avrei dato una gamba per vedere arrivare mio padre al Pincio.

Ricordo.

"Ti ricordi almeno che ti piaceva La Malfa?"

"A me?"

"Certo, a te. Ci speravi. Dicevi che avrebbe cambiato il paese. Lo dicevi mentre noi ancora giocavamo agli anarchici. Noi parlavamo di politica come ragazzini, tu come un adulto. Poi credo ti abbia deluso. Come tutto il resto. E hai mollato anche la politica, che ti piaceva tanto."

"La politica? A me?"

"Più che a tutti noi. Come noi non eri comunista, non eri fascista, non eri anarchico, pensavi con la tua testa. Ma in più di me, e di tutti gli altri, amavi la politica. Quando avevi una ventina d'anni ci volevi convincere a votare Pri. Noi di certo non contestavamo la linea di La Malfa che neanche conoscevamo! Ti dicevamo solo che era un voto da vecchio. Ma in realtà sapevamo che eri un passo avanti, e che ci invitavi a crescere."

Ricordo.

L'altra faccia degli anni ottanta mi travolge. Ricordo la nevicata dell'85 e noi chiusi nella 131 di mio padre, aspettando che venisse coperta dalla neve. Ricordo *Last Christmas* degli Wham mentre mi baciavo con Sofia. Ricordo i pomeriggi a studiare a casa di Valentino, per cercare di fargli passare l'anno.

Il funerale dei miei nonni, e io che giuro di portarli per sempre dentro di me.

Ricordo le settimane a San Vito Chietino a casa di Fochetti, con partitelle che duravano ore. Il tentativo di mettere su un complesso dark, la morte di Perone, quello della terza H, suicidatosi perché troppo solo.

E poi il mio amore per Palazzi, la prima volta con Lucia Bianchi a casa della nonna, con l'accademica dei Lincei che telefonava in salone mentre noi facevamo l'amore nel suo studio.

E le nottate a parlare di filosofia, di letteratura, di musica. Io e la mia passione per i giornali, e crescendo i miei tentativi di far maturare politicamente tutto il gruppo, tentativi respinti da Bonetti in primis.

Il lato morbido del mio passato mi travolge.

If I should stumble, catch my fall.

Mi serviva il carcere per frenare la caduta?

"Ero diverso da come mi ricordavo," concludo, parlando a voce alta, ma tra me e me.

"Be', non troppo, Ranò," mi riprende Bonetti. "Eri comunque un bel fijo de 'na mignotta. Però non solo."

Un po' di silenzio. Guardo per terra, e mi chiedo come ho fatto a trasformarmi nella merda che sono. Vorrei avere un biografo, qualcuno che mi riportasse indietro, passo passo, negli anni che ho vissuto forse senza capirli. Qualcuno sa quand'è che si comincia a invecchiare? Qualcuno ha tenuto il conto dei dispersi? Bonetti, come sempre, mi legge nei pensieri, facendomi eco in uno strano tono monocorde, quasi una cantilena.

"Qualcuno ha idea di quanti chilometri in mezzo al traffico ci siamo fatti i sabati sera stretti in quattro o in cinque in una macchina? Su e giù per il lungotevere senza un cazzo da fare? Quanti pomeriggi in Vespa? Qualcuno ha idea di quante sigarette ci siamo fumati? Dentro la Polo, in corridoio, prima, dopo e durante le cene, in discoteca? Qualcuno ha idea di quanto tempo siamo stati in piedi a far finta di ballare, mentre con lo sguardo scrutavamo le piste cercando una che ci sorridesse? Qualcuno sa quante buche abbiamo preso? Quante pagine di libri abbiamo letto? Per studiare, per passare il tempo, per sognare la nuova vita che ci volevamo costruire? Qualcuno sa quanti gol abbiamo fatto, abbiamo evitato, ci siamo mangiati in milioni di partitelle? Quante rovesciate abbiamo tentato sul bagnasciuga di Ostia o di Pittulongu? Quante ore abbiamo passato aspettando che qualcuno ci chiamasse per uscire, a sperare di entrare nei giri sbagliati, a cercare di fuggire da giri che ora rimpiangiamo?"

"Ti ricordo affacciato alla finestra di casa tua che aspettavi me e Fochetti che ti passavamo a prendere."

"Affacciato, e se avessi potuto mi sarei lanciato giù per raggiungervi prima."

"C'erano pomeriggi, sere, che la casa mi sembrava ovatta in gola. Mi faceva impazzire, guardavo giù anch'io, aspettando che passaste per portarmi fuori."

"Sai che c'è?" e mi guarda curioso, come se mi vedesse per la prima volta. "Tu all'epoca avevi la consapevolezza dell'importanza delle cose. Sapevi quanto fosse irripetibile ogni minimo istante in un campeggio, in una macchina, in un'aula di scuola. Vivevi quei momenti qualsiasi come frammenti di un'epica."

"Poi quel gusto mi è passato. Mi è passato perché la grandezza di quei momenti mi ha schiacciato. Ho pensato che non fosse più possibile ripeterli."

"Ti eri sforzato troppo a tenerli in piedi. Ma non serviva tanta fatica. A te piaceva la vita in generale, non la vita di quattro ragazzi nell'86."

"E mi piace ancora?" gli chiedo. Lo chiedo io a lui. Come i bambini.

"Di certo ti può ancora stupire. Guardaci! Ieri siamo stati in galera! Te lo saresti mai aspettato?"

E ride.

"Ma vaffanculo!" e rido anch'io.

E il barista ci guarda come se fossimo due deficienti.

"Qualcuno," riprende Bonetti, e stavolta la sua voce è allegra, come la fanfara della riscossa, "può dire quanti discorsi devi ancora fare ai tuoi figli? Qualcuno può dire quanti viaggi ancora farai? Quanti nuovi amici sommerai ai vecchi? Quante belle serate passerai ancora con Ornella, o con chi prenderà il suo posto?"

"Facciamo Ornella."

"Ok," annuisce lui sorridendo, "facciamo Ornella. Basta che non mi dica che puzzo!"

Finisce il cornetto e guarda l'orologio. Poi mi fa: "Ti ricordi la pietra che rotola?".

"Quella che non raccoglie mai sugo."

"Tu aggiungevi sempre: l'importante è che continui a rotolare."

Silenzio. Sono a terra. In poche ore sono stato pescato nel mio studio, sbattuto a una festa con tre lupe redivive, ho pagato un trans e visto un cadavere di monsignore ammanettato a un letto. Sono stato in galera, mi ha liberato una tardona in gamba e ora scopro che ricordo metà della vita che ho fatto, metà della persona che sono stato, metà del confine che ho sempre rispettato. Non c'era solo il confine di Bonetti, c'era anche il mio. Il confine tra la vita bella e la vita brutta; e lo facevo rispettare. Finché non l'ho scavalcato io stesso.

Io che spiego agli altri che siamo supereroi, io che li convinco a non rischiare casa facendo feste, io che cerco di far digerire a Bonetti la classifica della vergogna, io che gioisco in volo dall'Inghilterra per il suo bacio a Monica, io che traccio la mappa sociale della scuola, io che scovo la comitiva di un compagno delle medie al Pincio, e che a un certo punto dico "o noi o le pistole"; io che mi faccio una canna non so più se per amore di Palazzi o per amicizia verso Bonetti, io che lo strappo dalle mani del portiere del Mostacciano, io che lo accompagno da Cappuccini. Io che sponsorizzo Gallo con gli altri, io che a Copanello mi sputtano con le amiche di famiglia per far respirare la vacanza, io che cerco di infilare Quirrot e Gallo in un'università privata.

Bonetti, il brillante; Navarra, il folle; Fochetti, il puro; Gallo, il cinico.

Ranò, il mastice.

Come una squadra, che senza il capitano non sta in piedi. E il capitano va a finire che ero io. Sono io che ho abbandonato loro, non il contrario.

"E ora che faccio?" gli chiedo, sperso. "Piscio dalla finestra?"

"No," risponde Marco. "Ora andiamo al mare."

Grazie

Ho scoperto che quando uno scrive un romanzo, chiunque lo rilegga prima che venga dato alle stampe ti dice: "Attento, perché a pag. tot Tizio penserà che stai parlando di lui, e si offenderà". Va detto quindi che in questa storia ci sono cose che sono successe, cose che ho inventato, cose che sarebbero potute succedere e cose che non sarebbero potute succedere mai. Quel che è certo è che nessuno dei personaggi che racconto esiste veramente. Hanno degli aspetti in cui spero tanti si possano riconoscere, ma non esistono. In particolare poi ho tanti amici e tante persone care in tanti dei mondi che qui, magari, sono stati descritti con sarcasmo, e non ne penso necessariamente quello che ne pensano Bonetti e gli altri. Come direbbe Ranò, "non condivido necessariamente le mie scelte con i protagonisti del mio libro".

Il romanzo è un'idea di Beppe, condivisa da Michela, Carlo e Gianluca, e ringrazio tutti loro, perché non aspettavo altro (lo sa anche chi lavora con me ogni giorno. Grazie anche a loro, perché mi hanno aiutato a trovare lo spazio per scrivere).

Voglio ringraziare Beatrice, che ha letto e riletto le bozze (per la prima volta!).

Valerio e Fabio sono stati fondamentali, perché già a Olbia mi hanno indicato l'esempio di Temperance Barrows, e perché mi fanno capire che certe cose (per fortuna!) non cambieranno mai.

Antonello, Claudio e Paolo sono stati autorevoli consulenti, anche perché sanno come sono andate le cose. Mi avrebbero anche suggerito la foto di quarta, ma non è che uno li può ascoltare proprio in tutto. (A tal proposito un saluto va a tutto il gruppo della Pappardella.)

E un saluto va a Vasco, Wanda e Sergio.

Poi ringrazio Daniela e Marco, testimoni oculari.

Stefano, Marianna e Vittorio, che magari mi diranno che le cose non vanno più così (ma non credo).

Un grande grazie va a Babbo e Mamma, al loro coraggio e al loro spirito che, direbbe Ranò, hanno dato il tratto al mio mondo.

Indice

DENTRO